域外故事会 第四辑
THE HIGHLIGHTS OF FOREIGN POPULAR FICTION

房上暗影

The Shadow on the House

〔英〕马克·汉森——著

陈琬滢 徐 蔚——译

上海文艺出版社
上海故事会文化传媒有限公司

名家导读

肖惠荣，女，江西樟树人，文学博士，2008年毕业于北京师范大学比较文学与世界文学专业，现为江西师范大学文学院教师，兼任江西师范大学叙事学研究中心副主任、江西省外国文学学会副秘书长，主要从事外国文学及叙事学的教学与研究工作。已在《外国文学研究》《甘肃社会科学》《江西师范大学学报（哲社版）》等核心刊物发表相关学术论文数篇，其中《叙事的无所不在与叙事学的与时俱进》（第一作者）被人大复印资料《文艺理论》转载。译著有《香烟、高跟鞋及其他有趣的东西：符号学导论》（第一译者），主持江西省社科规划课题、江西省高校人文社科课题、江西省哲学社会科学重点研究基地重点课题各一项。

《房上暗影》是马克·汉森生前唯一一部在英美两国同时出版的恐怖小说，被美国诗人卡尔·爱德华·瓦格纳评为有史以来最好的三十九部恐怖小说之一。瓦格纳不仅是一位作家，他还是一位出版商，以出版恐怖小说与科幻小说而著称于世，因此，他的评价极具分量。非常遗憾的是，这部小说的作者汉森到底是谁？读者一直没有找到这个问题的答案。有人认为他死于二战期间，也有人认为他可能是个出版商，还有人认为他是某位作家的笔名。但能够肯定的是，他非常熟悉贵族生活，因为在他的小说中，主人公总是与贵族有着千丝万缕的联系，比如《房上暗影》中的男主人公马丁·斯特兰奇。

马丁出生于一个古老贵族家族，是斯特兰奇家族的后裔。在一次聚会中，他邂逅了晚宴举办者萨默顿夫人美丽的外甥女西尔维娅·弗农，并对其一见钟情。在遇见这位姑娘前，马丁的人生目标是过一种轻松且快乐的生活。尽管他对西尔维娅的爱来得有些突然，但这份猝不及防的爱就像一场暴风雨，席卷了他整个生活，他终于发现了自己的人生目标，那就是得到西尔维娅，人生最大的幸福就是和这位姑娘一起天荒地老。或许，改变恰恰是爱情萌生的表现。不过，自打爱上西尔维娅那一刻起，他就悲哀地发现这位姑娘另有所爱，她爱的还是马丁的好朋友克里斯托弗·奈特，这个发现让敏感内向的马丁肝肠寸断。一方面，他对克里斯托弗嫉妒万分，另一方面，他对此毫无办法，因为此时的马丁既无财富又无地位，连这次晚宴的邀请函都是托这位朋友的福才拿到的。

马丁发现自己无法掩饰对那位姑娘的爱，出于对友谊的忠诚，他向克里斯托弗坦白了自己对西尔维娅的感情。即便如此，他内心依然矛盾重重。他既想祝福这对情投意合的才子佳人，又恨不得克里斯托弗一命呜呼，这样他就能取而代之。对他来说，"对错只有一个标准，赢得西尔维娅是对的，失去她是错的。"

第二天，他惊讶地发现克里斯托弗竟然死于非命。需要说明的是，这部小说主要采用的是马丁的视角来展开叙述，读者对故事的了解也受到了马丁认知的限制。读者读到的一切都是马丁的所知所感。那些马丁误报、误评、误读及不充分报道、不充分评价、不充分读解的信息，必将影响读者对于整个故事的感知。根据马丁的叙述，因为克里斯托弗的突然离世，失去爱人的西尔维娅心如刀割，马丁抓住机会陪在她的身边，一起承受这从天而降的打击。这种陪伴安慰了痛苦失意的西尔维娅，两人越走越近，越来越亲密，一切似乎都朝着马丁预想的方向发展。

　　但马丁内心却有另一种担忧，他感到冥冥之中仿佛有股神秘力量，这股力量服从于马丁的欲望，为他披荆斩棘，扫除爱情道路上的一切障碍。在这股神秘之力的加持下，马丁想要的爱情似乎离他只有一步之遥。当经历了种种磨炼和苦难之后，我们会发现，世间的一切，远不如我们幻想的那样美好，有苦才是人生，有悲才是岁月。因为甜蜜再短暂，也需要用无尽的寂寥来补偿。

　　当马丁看着西尔维娅和米克·斯特兰奇两人初次见面便谈笑风生，他知道爱情又一次要与自己擦肩而过，在这场无声的战争中，他感觉自己这一次又要输给从小到大一同长大，却一直与自己针锋相对的堂兄，他不甘心生命中这道光就此离自己远去，绝望与嫉妒又一次折磨着他。他对自己说，他可以失去任何东西，唯独不能失去西尔维娅。为了挽回西尔维娅的心，他大胆地踏出第一步，主动向西尔维娅表白，可惜姑娘的心早已被米克所俘虏，无法接受他。还未等马丁对这件事情做出任何反应，意外再次发生，和克里斯托弗一样，米克也在夜晚意外身亡。堂兄的悲惨遭遇让马丁意识到一个恐怖的事实：有一种超自然的东西正秘密与他结盟，准备摧毁任何阻碍他和他的愿望之间的东西。

这个发现让马丁魂惊胆颤。和他一样，西尔维娅处于极度慌乱和恐惧之中，在她看来，正是因为自己受了诅咒，才导致所爱之人接二连三死于非命。马丁的宽慰和陪伴让西尔维娅暂时忘记了生活给予她的伤和痛，在极度痛苦和失落之下她接受了马丁的爱，两人准备步入婚姻的殿堂。

因为米克的意外身亡，马丁继承了堂哥的全部财产，成为英国最富有的黄金单身汉之一。因此，他和西尔维娅的婚事顺理成章地得到了后者姨妈萨默顿夫人的大力支持。让读者感到有些疑惑的是，尽管西尔维娅答应了马丁的求婚，但她对马丁的态度始终冷淡，不愿和对方提及过去，也不想和对方畅想未来。马丁太想自己的爱情有一个圆满的结局，他有意无意忽略掉女方的冷漠与无情，自我催眠式地认为这是女方矜持的表现，也许他还没有意识到：爱情最大的悲剧就在于，她并没有你想象的那么爱你，或者她根本不爱你。

事实上，困扰马丁的还有来自过去的声音，忠实的老仆人梅克皮斯在目睹了种种怪象之后，和他讲述了斯特兰奇家族让人难以置信的家族史。他终于确信，自己的爱情一直有家族幽灵保驾护航。他也终于明白，人生所有的馈赠，命运女神都在暗中标注了价码。书房传出的奇怪声音与连夜的噩梦搅得马丁神思恍惚、焦躁不安。

威瑟豪斯教授一直怀疑马丁受到幽灵的困扰，为了探明真相，教授甚至不惜让自己的好朋友史密斯爵士乔装改扮，潜伏在马丁身边，见机而行。非常可惜的是，这次调查最终以失败告终。威瑟豪斯教授也试过其他一些办法，结果亦不尽如人意。马丁也想过摆脱这种生活，回归到正常人的生活轨道中来，他想向威瑟豪斯教授主动袒露一切。但马丁又担心一旦被人知道自己受到了幽灵的诅咒与庇护，他将永远无法摆脱"怪物"的称号，他可以忍受别人异样的目光，但他不想为此而冒险，让他永远失去他的西尔维娅。尽管马丁愿意为了西尔维娅付出一切，但西尔维娅嫁给他后一直郁郁寡欢，当马丁察觉妻子对威瑟豪斯教授的儿子西德尼有特殊的情感时，他也想过挽救自己的婚姻，他为自己的种种行为做了辩解。无论马丁如何解释，可在西尔维娅眼中，他永远都是那个自鸣得意、装腔作势的马丁·斯特兰奇。"我的罪咎是爱，你的美德是憎。"莎士比亚的这句诗完美地诠释了西尔维娅对马丁的态度。

在自己的婚姻陷入危机时，马丁并没有一蹶不振，因为他深信，幽灵会破除一切的阻碍，引领他到达理想的爱情彼岸。在故事的结尾，威瑟豪斯教授终于获得了作者的许可，成为故事的第二个叙述者。他从科学的角度为我们揭露了幽灵行凶的真相。原来都是马丁的潜意识在作祟。在受到强烈刺激之后，在本能的驱使之下，马丁化身为大力神，在梦中杀死了一个又一个情敌，西德尼之所以能幸免于难，是因为马丁内心深处还残留着人类最宝贵的情感——善良。

总而言之，故事易读且不失趣味，叙事情节紧凑，诡异事件接二连三。悬疑虽算不上惊奇，但双视角的叙事颇有新意。小说主题涉及了每个人一生中都可能会遇到的问题。当我们陷入"爱而不得"的单相思时，如若"襄王有梦，神女无心"，我们能做的可能就是先放下后放手，因为马丁用自己年轻的生命告诉了我们一个道理：爱能创造一切，但偏执的爱可能会毁掉一切。

Contents

西尔维娅·弗农

我是，或者曾经是，一个最不迷信的人。当我设法在萨默顿夫人的晚宴上谋得一个席位时，我自认为在做一件极其聪明的事，以一个未谙世事的年轻人的方式，为了虚荣，在虚张声势的世界中找到了快乐，仅此而已。

我以为，如果能参加萨默顿夫人的晚宴，那将是一件非常伟大的事情——那些极其虚荣的人都会参加这种晚宴。我设法通过年轻善良的克里斯托弗·奈特获得了邀请。我未曾想到，一顿晚宴，即使是远近驰名的萨默顿夫人的晚宴，这么单纯、正常的晚间娱乐活动会变得如此不简单。我像往常一样仔细地穿戴好，乘出租车从布朗普顿路的寓所出发，不到几分钟就到达了萨默顿夫人在公园巷的府邸。

那是十月里一个寒冷的夜晚。围栏那边的公园被匆匆而过的汽车灯光所点亮，但是在这些灯光后面，在树下，是神秘的黑暗。此景不仅让我想到，我们对周围的世界知之甚少。远处的寂静、黑暗和神秘驱使我思考起暗影对我们的影响，并惊叹于依附在夜间树木中的不祥之气。

但我很快就驱散了这些想法。那时，生活对我来说是一件无关紧要的快乐事，我看见的只有轻松和欢乐，对那些病态的东西，我会特意把头埋进沙子里，避而不见。

我记得当时我一直在想，年轻的克里斯托弗是怎么得到萨默顿夫人家的入场券的。因为，公园巷的府邸并不是对所有人都开放的，而克里斯托弗和我一样，在这个世界上默默无闻。关于这个疑问，稍后就有答案。我又想着他是如何让我获得邀请的，我暗自发笑，思忖着我应当持怎样的身份前往。

我被领进客厅时，克里斯托弗还没有到。萨默顿夫人已在场，还有六位上了年纪的客人，他们可能很有名望，但就像我见过的所有名人一样，看起来很普通，西尔维娅也在那。

我现在叫她西尔维娅。但是，当我刚进入那间客厅时，我并未注意到她，也未曾料到，我的内心即将发生剧烈的情感变化。

我看到了一个楚楚动人的女孩，美得无以言表。当我的目光第一次落到她身上时，恐怕我已经完全失去了正常的自制力了。我目不转睛地盯着她看，真是难以置信，也许我有点夸张。在场的人似乎都不知道我的情况，在介绍她的时候，这位美若天仙的姑娘只被当作普通客厅里的普通姑娘，就好像顷刻间我对美丽的理解不为世人认同，好像从此以后我们的生活即将发生翻天覆地的改变。

正如我现在所言，当时的我感受到了所有这些情感变化，我也觉得，我的言行举止流露出了所有这些情感变化。

但是，有一件事我没有感觉到——悲剧的开始。这样说似乎有些奇怪，然而，从我第一次见到西尔维娅起，她的这种美丽与最可怕的悲剧就脱不了关系。

当我被介绍给弗农小姐时——她的名字是西尔维娅·弗农——我是以一种漫不经心的态度面对她的。幸运的是，她是我遇见过的最不矫情的姑娘之一。她那友善的态度让我感到十分自在，要是她故意摆出一副拒人千里之外的架势，叫我难堪，我定要惊慌失措，可是弗农小姐非常轻松自然。与她交谈时，我却发现自己有些惊人的失常，因为我初见到她时，就完全混乱了。

萨默顿夫人的面容是我见过的女主人中最迷人的，一说话，她就变得兴高采烈。这位夫人把弗农小姐留下来，让她和我在一起，自己匆匆地离开去招待其他客人。

"我姨妈人很好,她一直很关照我。"弗农小姐告诉我说。由于年轻人的急功近利,我们的谈话迅速上升到了个人层面。

"萨默顿夫人是你姨妈?"我问道。

我们退到一边,就我俩。我们是在场的唯一一对年轻人,其他客人——三名女士和三名先生——与女主人聚在一起。

尽管我们很快就到了愉悦的熟悉阶段,我仍然被她那非同寻常的可爱所吸引。她的名字和声音被赋予了新的意义。她与我交换了一些平常的话题,甚至因为我说的一些轻松话语而笑了起来,但她仍然充分保持着我所欣赏的那种美丽光环。她的头发金黄,一双蓝眼睛真诚迷人,端庄又苗条——所有这些关乎弗农小姐的,对我都是未解之谜。我所能知道的是,我已经进入了一个更高层次的情感世界。

简而言之,我无可救药地坠入了爱河。

萨默顿夫人现在加入了我们的聊天,奇怪的是,我对此很感激。我和西尔维娅·弗农并没有谈论什么重要的话题(这么短暂的相识,怎么可能),但我担心我的情感会在我平庸的交谈中流露出来,很高兴我们的女主人让我松了一口气。

有一件事我已经确定:除非我娶西尔维娅·弗农为妻,否则我将永远不会快乐。

在此情形下，做如此感言真是荒唐！特别是对一个乳臭未干的年轻人来说，真是荒唐至极！但我就是这么认为的，而且是非常认真严肃地这么认为。我认识她还不到十分钟，这不重要；她的社会地位比我高得多，这同样无关紧要。她已经完全征服了我，别的都不重要。

这时，我听到有人在报克里斯托弗的名字。

听到他的名字，西尔维娅迅速抬起头朝门口看了看，不由自主地向前移了一步，眼中满是笑意。

萨默顿夫人走去欢迎克里斯托弗，我又和西尔维娅单独留在那里。

但是，现在西尔维娅完全变了一个人似的，她好奇而又期待地望着房间的另一头，等着萨默顿夫人同克里斯托弗结束寒暄，她微张着嘴，露出一丝笑容，她根本不在意我。

那时，我才知道克里斯托弗——平凡的克里斯托弗——是如何进入萨默顿夫人府邸的，我才了解嫉妒是什么滋味。

克里斯托弗向我们走来，以微笑致意，拥抱了我俩，但是他的眼睛每时每刻都在西尔维娅身上。她愉快地接受了他的仰慕，并充分地给予回应。

我加入了他们的谈话，但我是强颜欢笑，表现得好像很喜欢这样的处境。我一直在告诫自己，不要小肚鸡肠，要祝贺克里斯托弗——哪怕只是在心里祝贺——因为他成功地赢得了一位美丽姑娘的爱，但我却又不能强迫自己承认他赢得了西尔维娅的爱。她让我心驰神往，以至于我无法接受她属于别人，甚至是属于那么好的克里斯托弗。我以前一直认为，他值得拥有伦敦最漂亮的姑娘。

"斯特兰奇先生跟我说，"西尔维娅说道，"你和他在你们的俱乐部里被称为'合体人'。你们的朋友一点也不友好，给你们起绰号，我不喜欢绰号，当它们有所指的时候，通常太过直言不讳，很少有好话。但我想说的是，如果你们是这么好的朋友，为什么之前我都没有见过斯特兰奇先生呢？"

"这个容易解释。"克里斯托弗说着，用手摸了摸他那金黄色的卷发，"从前歌厅里有首歌（你当然没听过），告诫人们千万不要把自己的心上人介绍给朋友。你真该问，为什么现在你还能见着马丁。我怕是犯了愚蠢的错误，违背了歌厅里的智慧。你知道的，智慧无处不在，会存在最不可思议的地方。"

就在这时，我们被叫去用餐。我觉得克里斯托弗和西尔维娅会立刻忘了他说的话，但这些话一直萦绕在我的脑海里，因为我听进去了。

十个人坐下来用餐。我被安排在一位黑衣夫人和一位身着浅蓝色衣服的夫人中间。黑衣夫人的儿子在印度，蓝衣夫人没有儿子，却有五个女儿。前三道菜期间，我都是在听这两位说话——其中一个说，愿意倾尽一切来换取她的儿子回到她的怀抱；而另一位，据我所知，愿意倾尽一切来换取她的女儿们离开她的怀抱。

然后，有人——是一位教授，威瑟豪斯教授，我和他将来会更加熟悉——开始谈论起幽灵的话题。

我对幽灵不感兴趣，就像我对独子、剩女不感兴趣一样。

但奇怪的是，西尔维娅对幽灵很感兴趣，她的注意力从克里斯托弗身上转移了。克里斯托弗隔着桌子对我做了个鬼脸，装出一副对教授的话非常感兴趣的滑稽表情。

教授并没有说出什么独到的见解。他告诉我们，他从未碰到过见过幽灵的人，是指在通灵者暗房外的幽灵；他遇见的所有诚实之人，在这个问题上都持开放的心态。

"但是，先生，您肯定不相信这种事情！"我冒昧地评论了一下。

我略有点不爽，因为像威瑟豪斯教授这样一个头脑冷静的人竟然也会关注那些无稽之谈。

"不，"他说道，"我没说我相信。"他的脸上流露出宽容的神情，他说话的语气完全没有责备我的意思。"但我不会说我不相信，"他补充道，"我所能做的就是，对任何意见持保留态度。"

"那么，您认为我们听到的关于鬼屋等诸如此类的故事，有些是真的吗？"

说话的是西尔维娅，我注意到，她话快说完的时候声音渐渐低了下去，她微微张开嘴，眼睛一直盯着老先生的脸。

克里斯托弗这时也抬起头来，表示非常感兴趣。事实上，我们三个年轻人，比其他任何人都更关注这个问题。我们三个正处在人生的起点，我们发现生活是一件美好的事情，如果有人说，周围发生了一些奇怪的事情——一些我们不理解的事情，一些威胁到青春美好的不正常的事情，我们是会感到不安的。

"当然有可能。"教授说道。令人失望的是，话题到这里就戛然而止了，因为有人转换了话题，开始对戏剧发表评论。

剩下的时间里，西尔维娅表现得很安静。

克里斯托弗也保持着沉默，可能是因为他无法与西尔维娅交谈，我也一样。对教授发起的话题，我们兴趣已经耗尽，我再次陷入西尔维娅的世界中。

我看不到前路的悲剧，我只能看到堆积的痛苦。克里斯托弗是我最好的朋友，他赢得了弗农小姐的感情。在所有的人中，他是最有资格得到这位女神的爱的。但在当时，这对我并不重要，对我唯一重要的是，赢得弗农小姐的应该是我而不是他。为了这个目的，我愿意牺牲一切——友谊、荣誉、我不朽的灵魂。真是一眼万年，她完全改变了我。

克里斯托弗和我是一起离开的。夜色清冷，但还舒适，我们沿着公园巷出发，到了海德公园拐角，我们就此分别。他将回到他在杰明街的寓所，而我还要沿着布朗普顿路走一段。

"我应该祝贺你，"我说，"找到了弗农小姐这样一位漂亮的姑娘。"

"应该？"

"是的。不幸的是我不能，我也爱上她了。"

他笑了起来。

"这比任何其他祝贺都要好。"他说道，"这是你能给我的最真诚的恭维了。我真是个幸运的家伙，是不是？"

克里斯托弗天真地为自己感到骄傲，我几乎要为自己的嫉妒感到羞愧了。

我从来没有想过，我的公开祝贺也是一件值得称道的事。为克里斯托弗，我应该感到高兴，但我却无法让自己分享他的喜悦。

"你真是个幸运的家伙。"我表示赞同，"你知道我可能做什么吗？"

"你能做什么？"

"是的……我可能会杀了你。"

直到话全部从我嘴里说出来，我才意识到我说了什么。甚至那时我可能在笑，把这样可怕的断言变成了一个笑话，但那一刻我震惊了，因为我知道我说的是真心话。

克里斯托弗也许也在笑，因为很难想象他会把我当一回事，但是，我的表情或语气中一定有什么东西使他猜出了我的真实情感，因此他开口道：

"当然，你不是这个意思吧？"

同样，正是这些话的语气赋予了它们最充分的意义，而语气里流露出了不确定性，他不能确定我说的是不是真心话。

当时，我本该嘲笑他的怀疑，以及他眼睛里突然闪现的恐慌；我本该笑出声来，马上消除误会。

但是，我并没有这样做，而是试图用严肃的语言向他保证，我说的话当然不是真心的。

"这只是一闪之念。"我告诉他，"你可以把它当作本能而非教养的暂时断言。你知道的，我们当中最好和平的人有时也会有杀念。"

"我明白了，但你为什么要杀我？"他问道，笑了起来，但还是好奇地瞥了我一眼。

"因为我嫉妒你，克里斯托弗，"我回答道，"我从来没有像现在这样嫉妒过任何人。"

"你是说因为西尔维娅吗？"

试图欺骗克里斯托弗是没有用的，要欺骗他，就得欺骗我自己，我知道我做不到。西尔维娅·弗农对我的影响太大了，如果西尔维娅那无以言表的可爱能少影响我一点，也许我就会把我的感情藏在心里，

10

也许会让克里斯托弗在我眼皮底下继续他的求爱，但就目前的情况来看，这种自我克制只会把我逼疯。

我必须对克里斯托弗坦诚。

"是的，"我说道，"为了弗农小姐。我们彼此十分了解，不用担心世俗。我嫉妒你，我是这么说的，我愿意出卖我的灵魂来换取你的位置，你知道那是什么意思吗？"

"我恐怕不知道，这是什么意思？"

我没有立即回答。我们默默地走了大约五十码，然后停在皮卡迪利大街的人行道上。

"意思是，"我笑着说，把手放在他的肩膀上，"意思是我想要一个休假，越早离开越好，我感到厌烦、紧张，生活一成不变，我想要一个改变。"

我突然为自己的直言不讳感到后悔。现在想来，如果我不提我的感受，而只是打定主意默默离开，情况会更好，但我并不想离开，我想留下来争取弗农小姐的芳心，我从不怀疑自己能做到这一点。就我想成功和弗农小姐结交而言，克里斯托弗的存在并没有使我感到困扰。

但是，即使在告诉克里斯托弗我妒忌他时，我的善良天性还是表现了出来，在最后一刻我退出了——说我只想改变一下。克里斯托弗身上有某种东西——也许是他那令人信赖的诚实——阻止了我从他身边夺走西尔维娅的企图。

我们在皮卡迪利大街的人行道上互道了晚安，用笑声驱散了我们彼此间一时升起的阴影。然后，我转身向布朗普顿路走去。

我刚离开克里斯托弗——从他的影响中摆脱出来——就对自己说，我真是十足的傻瓜。我的脑海里立刻浮现出西尔维娅·弗农的身影，我又一次清楚地看到她那令人窒息的美丽，又一次听到了她那柔和悦耳的声音，又一次被她活泼的性格所激荡。

我何必为名声顾虑和烦恼呢？

如果我能获得永远的幸福，即使牺牲像克里斯托弗这样的朋友，又有什么错呢？

我扪心自问，我的良心回答了，但是我有留意结果吗？没有。那一刻对我来说，对错只有一个标准，赢得西尔维娅是对的，失去她是错的。

我并不羞于这样说。那位美丽苗条的姑娘对我的吸引力是那么不可抗拒，我几乎认为我在这件事上是没有责任的。

我回家睡觉做梦去了。

在杰明街

由于西尔维娅的缘故，我原以为会做梦的。当然，这是一个相当伤感和诗意的想法。我想，当大多数年轻人突然面对宇宙中最奇妙的事实时，他们都会产生这种想法。

但是，我没有做梦，相反，我睡得像根木头一样沉——我想是太沉了，因为我醒来时头痛欲裂。

我碰了碰床边的铃铛。几秒钟后，梅克皮斯——他的使命就是扫除我生活中所有的小烦恼——走进了房间，拿着托盘，托盘上放着我的一杯早茶和两块饼干。

梅克皮斯一生都在为我们家族服务，即使是在这个比较贫穷的时期，他还是紧紧地依附着我。眼下所有的财产都落入了别人手中，而我是梅克皮斯所钟爱的古老家族的唯一幸存者。

"但愿您睡得很好，先生。"

"太好了，梅克皮斯，"我回答道，"我现在特别想喝一杯茶。"

我觉得梅克皮斯当时是很好奇地看着我，但我很难看穿梅克皮斯的表情。

"我想我昨晚听到您的动静了。"他半带歉意地说道，接着他又说，"一定又是楼下那些可怕的人，真作孽！"

这最后一声感叹是针对我居住的公寓。我现在不得不居住在一幢非常普通的公寓楼房里，楼房靠近一条主街的人行道，底层有一排商店。世道的落魄对梅克皮斯的影响远比对我大得多，这是他一生中最大的悲哀，我无法辩驳。我不妨指出，除非我在房租问题上精打细算，否则我是无法留住他的。我应该努力证明布朗普顿路总的来说是一条很好的街道，证明像我这样的单身汉在这种时候是不会在梅菲尔广场的某一处拥有一幢大厦的。但是，这些讨论并没有减轻他的悲伤。对我竭尽全力的安抚，他的回答是："但是商店，先生！想不到斯特兰奇家族的成员居然住在一家商店上面！"

梅克皮斯把茶和饼干放在我床边，回去干活了。我开始回想昨天晚上发生的事情，特别是我对克里斯托弗的态度。

这会儿，在秋日早晨的明媚阳光下，想到昨夜我竟如此冲动，公然承认我对克里斯托弗荣幸地成为西尔维娅·弗农的情人感到十分嫉妒，为此我自己也很吃惊。我的行为是不可原谅的，虽然我仍深爱着西尔维娅，但我现在能抑制住自己的嫉妒了。我觉得该去一趟他的寓所，为我昨晚的鲁莽行为道歉，这很重要。

亲爱的克里斯托弗应该得到最好的，我必须祝他无比幸福。

早饭后，我动身去杰明街。我特别高兴，也许是向克里斯托弗道歉的想法让我感到高兴——还有纠正自己无礼行为的满足感。

我慢慢地走着，享受着早晨清新的空气，竭力不去想西尔维娅·弗农。但是，我控制不住对她强烈的爱（真怀疑还有哪个男人会这样），我可以原谅自己陷入这无望的梦想。我从这些梦中得到病态的快感——一种殉道者的病态快感。

我到达杰明街时，已是十一点左右。门厅的大门开着，楼梯可以通向大楼里所有的房间。大楼里，这些带家具的套间，都租给了几个和克里斯托弗一样的单身汉，大门敞开是方便他们昼夜进出。

当我拐进门口，开始上楼梯时，我在口袋里摸了摸克里斯托弗房门的钥匙。我有他房门的钥匙，他也有我房门的钥匙，我们觉得这样很方便。

克里斯托弗的房间在二楼。我刚走到二楼的楼梯口，就听见楼上有说话声。抬头一看，可以看到有一两个人站在克里斯托弗家门口的楼梯上。

我看见有人手里拿着一顶丝绸帽子，除此之外，还有棕色皮大衣的一角。

我沿着古老的楼梯继续往上走，当走到转弯的平台时，我看到那顶丝绸帽子的主人威瑟豪斯教授。他那只空着的手搭在那个穿皮大衣的女人的肩膀上，她背对着我，我看不见她的脸，她低着头，教授似乎在恳求她。

第一眼我就看到了这些，我还注意到克里斯托弗的房门是开着的，里面有一些动静。

此刻，教授抬起头，看见了我，他立刻认出了我，但我感到奇怪的是，他的目光中竟然没有问候的微笑，他似乎在担心着什么，并不把我的到来当回事。

这时，女人转过身来，看着我。

原来是西尔维娅·弗农，她在哭，应该一直在哭。她脸色惨白，两眼盯着我，仿佛正处于某种可怕的恐怖事件之中，确实是这样。

"斯特兰奇先生来了。"教授说着又拍了拍她的肩膀，给人的印象是，我的到来也许会给这个姑娘一些安慰。"让斯特兰奇先生送你回家，好吗？你本不该来的，亲爱的，我告诉过你这里的情况了。"

"出什么事了吗？"我问，这是个愚蠢的问题，但现在不是斟酌措辞的时候。

"怎么，你一定听说了吧？"教授惊呼道，"他们告诉我已经给你家打过电话了。"

"我离开家差不多一个小时了。"我说，"出了什么事了？"

他偷偷地瞥了西尔维娅一眼，似乎害怕在她面前说话。然后，他挽起她的胳膊，示意我跟着他，领着我们走进克里斯托弗的起居室。

那里有一把椅子，他把西尔维娅安顿在那儿，把我带到可以俯瞰杰明街的窗口。

这时的我正处于一种最煎熬的等待之中。当我们走过那间连接各个房间的小厅堂时，我看见克里斯托弗卧室的门开着，两个人走了出来，他们身上的医生职业气质，加上西尔维娅脸上莫名的表情，还有威瑟豪斯教授不安的神情，一切都在告诉我，一定发生了什么惊人的事情。

"克里斯托弗死了。"教授突然说道，说得那么突然，我吓得往后一跳，躲开了他举起来放在我肩膀上的手。

"死了！"我叫道，"他不可能死的。"

我永远不会忘记老教授的圆通和仁慈。他看到这突如其来的消息让我如此震惊，为了缓和气氛，就把我拉到靠近的窗口，说道：

"我希望你能竭尽全力地安抚西尔维娅。这件事对我们来说已经够不幸的了——对你和我来说——但对她来说，所承受的痛苦要多得多，真让人痛心，但我们必须忘记它。今天早上我听到这个消息时，就极力反对她到这里来（我碰巧也在萨默顿夫人家里），但她不听我劝。看看你能想什么办法把她带回家，她留在这里是没有用的。"

他的这些话让我镇定下来，让我从听闻如此可怕消息的震惊中恢复过来。

此刻，我是被吓呆了，我说不出话来。克里斯托弗，昨天晚上在皮卡迪利大街的人行道上和我告别，还是完全健康快乐的。他死了！我想不通。有那么一会儿，我站在那儿凝视着窗外，知觉已被惊得麻木了。然后，在一瞬间，我意识到我被告知了什么。克里斯托弗已经不复存在了，他的地方是空的，他的点点滴滴已成为记忆，活着的克里斯托弗已经不在了。

现在，我不必费力去描述那一刻我所经历的孤独感和那种迷信的恐怖感。当时的我还年轻，我爱克里斯托弗，那是我第一次认识死亡。

"你不能让这件事太影响你。"老教授说道，"你要想想西尔维娅……我还没有告诉你最糟糕的情况呢。"

"最糟糕？"

"是的，情况非同寻常。事实上——事实上——"

教授无法继续，他焦虑不安地咬着嘴唇站了一会儿，然后突然转过身来。

"跟我来。"他迅速地说道，然后穿过房间。

西尔维娅在他走近时跳了起来，伸出双手，似乎要抓住他的外衣领子，但教授抓住了她的胳膊，轻轻地把她推回到椅子上。

"不，姑娘，"他说，"请听我的！我请求你不要坚持见他，这样做没有什么好处，只会让你更加不安。在这儿等一会儿。"

西尔维娅被说服了，她没有说一句话表示抗议。我突然想到，自从我来了以后，她一句话也没说过。

教授示意我跟着他。

我跟着走的时候，有一种奇怪的紧张感在我心里作祟，我宁愿教授没有叫我跟着去。

一进卧室门就遇到了一个警察，看到他，我感到说不出的震惊。

房内，坐在椅子上，目光呆滞的是克里斯托弗的年轻男仆杰普森。

一条白色的被单把床全盖住了，上面的轮廓极为显眼，令人毛骨悚然。

现场静得难以言喻。我们进来时，警察一动不动；杰普森目光呆滞，双手托着下巴，双肘撑在膝盖上，也一动不动；被单下的人静静地躺在那，庄严肃穆。

过了一会儿，我发现自己站在了床边。教授示意我把床单掀起来。

起初我做不到，只能盯着看。

我曾经说过，我把生命看得很轻。我的潜意识一直在嘲笑所有围绕着死亡的神秘和敬畏。我争辩说，这种神秘和敬畏只是出于无知的迷信，一个死人本质上跟一条死狗或一只死老鼠是一样的。当然，在我自负的青春年华，我并没有受到无知的迷信影响。

唉，我的唯物主义！

最后，我终于鼓起足够的勇气，把床单掀开，看到了我朋友的脸。

我想我一定是惊恐地叫了出来。当我迅速转身时，我看到就连杰普森也停止了观望，站起来，脸上带着惊慌的神色向我走来。我连忙用手捂住脸。

我理解教授不愿告诉我实情的原因了。我意识到绝对不能让西尔维娅·弗农看到这一切。克里斯托弗是被谋杀的，他是被勒死的。我不想剖析那时我所遭受到的情感冲击，只想说，我感到一阵恶心，心里充满了一种难以名状的恐惧。

失去挚友已是非常不幸，然而，正常的悲痛已完全被他死亡的恐怖环境所淹没。

他显然是经过一场可怕的搏斗之后死去的，他那僵硬的表情说明，他在生命的最后时刻充满了极度的恐惧。我实在无法描述那些令人作呕的外部细节。

过了一会儿，我们回到了西尔维娅身边，发现她一动不动坐在原处，和我们离开时一模一样。我有一种奇怪的感觉，恍如活在梦中，要挪动步伐或者开口讲话须得用尽全力才行，一切似乎都太不真实了。

教授又在恳求西尔维娅了，我不时在旁边附和几句。最后，西尔维娅站了起来，挽着我的胳膊，我们三个人走下了那道古老的楼梯。

在皮卡迪利大街，教授准备与我们告别。

"我们走回家吧，"西尔维娅说，"我必须活动活动。"

这是那天早晨我听到她说的第一句话，她说话时突然有了活力，似乎表明她下已定决心要努力控制住自己。

教授目光严厉地看了我一眼，似乎想知道我有没有能力留下来照顾这个遭受了痛苦和打击的姑娘。最后，他显然感到满意，便动身向东走去，赴他提到过的一个约会。

"你确定要走路吗？"我问道，"如果你愿，我可以叫辆出租车，这样比较好。"

"不要，"西尔维娅有点不耐烦地说，"只有几步路。我告诉过你，我想活动活动。"

于是，我陪在她身边，我们默默地走了几分钟。

"为什么威瑟豪斯教授不让我见他？"她突然问道。

这不是一个一般的问题：这是一个要求，说明她反对在这类问题上被当作孩子对待。

"教授最清楚了。"我回避道，"我真希望他没让我去看。当然，你是知道情况的吧？"

"他是被谋杀的。我了解教授本不想让我知道，只是他们今天早上打电话过来的时候，我听到了。"

我惊讶地发现，她现在已经稳住了她的情绪。我们两个人中，她似乎更能控制住自己。

她现在松开了我的胳膊，独立地在我身边走着。

"今天早上，他的贴身男仆进去叫他的时候，发现他死了。"她接着说道，"我知道他是被勒死的。你能解释这种情况吗？"

比起不到半个小时前她的沮丧状态，这会儿，她说话的声音惊人地平和。

事情似乎很奇怪，但我还没有想到那一点。死亡和死亡的恐怖现场本身就是一种令人窒息的氛围。除了死亡本身之外，我没有把死亡和其他任何事物联系起来。

"不能，"我说道，"我想不出是谁干的。据我所知，他在这个世界上没有一个敌人。是不是抢劫，你觉得呢？"

我突然对谋杀的原因感到非常好奇。我后悔当时没有充分控制好自己，没能向教授询问一些实际的细节。西尔维娅的问题使我意识到事情的另一面。

"不，不是抢劫，"她说道，"就在你来之前，教授告诉了我很多。杰普森说没有任何东西被翻动过。我们到公园里坐一会儿，好吗？"

我们穿过了马路，她没有转向公园巷，而是抬手指向海德公园拐角。

我点了点头，我们继续向前走，从大门进入了公园。

太阳已经带走了空气中早先的清冷，现在，天已暖和得可以坐在户外了。穿过灌木丛，我们在几棵树下，一个不太暴露的地方找到了椅子。

"但你不觉得萨默顿夫人会很想知道你现在的情况吗？"我问道，"无论如何，你回家不是更好吗？"

"现在，请你！"她喊道，"也别把我当成小孩子。我觉得，威瑟豪斯教授的本意是好的，但这样很不讨人喜欢——你们俩。我认为，我和你们一样能够经受住打击。我可以原谅教授，他年纪大了，忘记年轻人有一种特殊的能力来承受这样的打击。"

由此，我了解到西尔维娅·弗农精致外表下的坚强性格，而我反过来从她的勇气中汲取了力量。

我们谈论了一些其他的事情。她给我讲了她自己的情况——说萨默顿夫人是她最近的亲戚，说她最近才从剑桥来到伦敦，还讲了许多其他的日常琐事，与那天早晨的悲剧毫无关系。她继续说下去的时候，悲剧的阴影变得不那么压抑了，很难相信这就是刚刚被恐怖笼罩的那个姑娘。

在我看来，当时她坐在那里谈论这些无关紧要的事情，似乎有点冷酷无情。我在教授的要求下努力振作起来，为的是能帮助西尔维娅·弗农。我原以为，要安抚一个悲痛欲绝的女孩需要绞尽脑汁，但她的镇定真是无人能比。

"你一定要来吃午饭。"她说，"我姨妈见到你会很高兴的。我在外面待了这么久，真是太自私了，她一定会非常不安的。"

我说我很乐意为她做任何事情。

我对她恢复生活常态的奇妙方式感到很惊讶。当时，我突然想到，也许她并没有像我所想的那样完全爱上克里斯托弗。

"你明白的，"她说着站了起来，继续说道，"我姨妈是名媛。这些事一定会影响到她，她没有能力——"

她突然停了下来。

这时，我们都已站了起来，她却毫无预兆地又坐了下来，放声大哭起来。

我连忙在她身边坐下，她突变的态度让我惊慌失措。

"现在活着还有什么意义呢？"她心烦意乱地嘟囔着，似乎是在自言自语。尽管她的脸埋在膝盖周边的皮大衣里，我还是听到了她的呢喃：

"他从未伤害过一个灵魂！他从未伤害过任何人，他是世界上最好的人，为什么他会遭遇这样的事呢？"

我试图安慰她，但我做不到。就在片刻之前，她还在为萨默顿夫人的事操心，自欺欺人，现在却完全心碎了。

不知怎么，我却很高兴。如果这位可爱的姑娘没有把她的那种软弱表现出来，我一定会非常失望的。

在阵阵痛哭声中，她挺直了身体，转向我，毫不掩饰从她脸颊上流下的泪水。

"不要离开我！"她恳求道，"这种恐惧会把我逼疯的。他是你最好的朋友，也是我最好的朋友。你我都知道，他有多出色。"

我答应着，欣然答应，这似乎在某种程度上安抚了她。几分钟后，她说她现在就要回家。

她的胳膊紧紧地挽着我，我的思绪不由自主地闪回到了昨晚。

"怎么了？出什么事了？"她惊慌地叫道，因为我的步伐停了下来，她也不得不停下来。

"没什么！"我严肃地说道，"没什么！"

我不能告诉她，昨天晚上我一时冲动，恨不得他死。

我曾说过，我并不迷信，但是，从我停下来的那一刻起，一种极度迷信的恐惧攫住了我。

我的祈祷——具有魔力的祈祷——得到了回应。克里斯托弗，那个拥有了我梦寐以求的东西的人，躺在那里死了。

　　这比什么都恐怖。

未知的人

两三天后，我来到一间狭长的矮房子里，房间又闷又热，电灯开着，虽然是午后没多久。

西尔维娅和我在一起，威瑟豪斯教授也在。我们三人站在墙边的过道上，因为那里的座位已挤满了人。在法庭上，这些人被称为民众，以区别于将要审查案件的官员和负责人。

"这些人在这儿干什么？"西尔维娅问道，紧紧地抓着我的胳膊，凝视着半明半暗的房间，"他们肯定和审讯没有关系吧？"

"不是只有我们一个案子。"我告诉她，"但是，大多数人来这里是出于好奇。"

"太可怕了！"她惊呼道，"我真不该来。"

"你想走吗？你真的没必要在这里。"

"这样，我就会有一种抛弃他的感觉。"

"不，不，不要这么想。教授会留下来的。"

但是，这个奇特的女人，只是厌恶地耸了耸肩，决定经受这一场考验。

幸运的是，我们的案子是第一个被审理的。

法官是个吹毛求疵的小个子男人，似乎刚发过脾气。他没有以一种与我们的感情相通的严肃态度来对待这件事，而是一开始就在责备一个小官员，因为后者不能马上找到一些文件。

我猜想，这是我以前从来没有想到过的：法官最关注的事情可能是他儿子没能通过一个重要的考试；或者是他的妻子坚持要去瑞士或意大利度假，而他一时负担不起这个费用。克里斯托弗之死的悲剧对他来说不是悲剧，而是他推进法律程序的一项工作而已。

唯一被传唤的重要证人是赫伯特·托马斯·杰普森。他提供证明，在当天早上八点半去叫主人起床时，就发现了主人的尸体。然后，杰普森讲述了他如何给警察和主人的一两个密友打电话。

法官随后问了杰普森几个问题。

"前一天晚上你的主人几点钟回家的？"

"十一点左右，先生。"

"一个人吗？"

"你说什么，先生？"

"我说，他是一个人吗？"

"是的，先生。他在公园巷的萨默顿夫人家吃的晚饭。"

"饭后他即刻就回家了吗？"

"是的，先生。"

"他看上去和往常一样吗？"

"我没有发现有什么异样。"

"这么说，他的情绪还是和往常一样？"

"是的，先生。"

"好吧！你睡在公寓里，我说得对吗？"

"我是睡在公寓里。"

"你夜里听到什么声音了吗？"

"没有，完全没有。"

"现在，如果我说错了，请纠正我。据我所知，你的主人是开着窗子睡觉的。这个后窗通向一个平屋顶，那平屋顶又通过消防梯与你们楼房的其他部分相连。任何人想要进入这个房间，都很容易，无须使用任何力量或者特殊技巧。"

29

杰普森点点头，然后被告知可以退场，但不能离开法庭。

随后，是官员之间的秘密会议。公众中也出现了一阵骚动和咳嗽声，随之而来的是越来越多闲谈声。

"你知道吗？"我低声对西尔维娅说，"他几乎把所有的钱都留给了杰普森。"

"是的，"她说，"你觉得——"

法庭要求保持安静的命令声打断了她的话。

"萨默顿夫人在法庭上吗？"法官瞥了一眼墙上的钟，问道。

一些人满怀期待地环顾四周。西尔维娅吓了一跳，紧张地抓住我的胳膊。随后几秒钟，法庭内死一般的寂静。

那时的我，突然在冲动之下，将西尔维娅的手从我的胳膊上移开，向着法庭的前方走去。法官疑惑地抬头看着我。

我告诉离我最近的那个官员，我是谁，以及我如何相信除了杰普森，我是最后一个看到克里斯托弗·奈特活着的他的朋友。我的话被转达给了法官，他考虑了一下，皱了皱眉头，又看了一眼钟，然后让我宣誓。

我提供的证据并没有多大价值，但我很想尽我所能帮上忙，将凶手绳之以法。

我告诉他们，十一点差一刻的时候，我在海德公园拐角与克里斯托弗告别，我没有理由相信他在这个世界上还会有一个敌人，我说他整个晚上情绪都很好，我还提到——出于什么原因不知道，莫非是想把每一条相关的信息都传达给官员们——我有一把克里斯托弗公寓的备用钥匙。

随后，他们让我退场，我又回到西尔维娅和教授身边。

他们又说了些什么，但大部分话我都听不懂，因为我的心思忙于筛选证据。我看得出，当局可能会马上得出以下三个结论中的任何一个：有人从开着的窗户找到了进来的路，企图抢劫，被克里斯托弗发现了，惊慌失措，在恐惧中杀了他，空手而归；或者是杰普森犯了罪，这对我来说是不可想象的；或者是我，在白天或黑夜的任何时候，都可以轻松进入房间，犯下罪行。

我不得不考虑最后一种可能性，因为法官给我的印象是，在整个法庭都心不在焉。想到这里，我惊讶地意识到，如果有人说我在那个致命的夜晚去过克里斯托弗的房间，我完全无法证明我不在现场。

陪审团的裁决很快就公布了，这是一件预料中的谋杀案，是由一个或多个不明身份的人干的。

从那间散发着臭气、半明半暗、肮脏密闭的房间中走出来，回到街上，那是一种无法形容的解脱。

教授坐上一辆出租车离开了，我又一次被指派护送西尔维娅·弗农回家。

她紧紧抓住我的胳膊，她这样做似乎并没有什么不寻常的地方。她认识我还不到一个星期，但我们是在如此强烈的情感环境中聚在一起的。毫无疑问，我们跨越了所有传统的鸿沟，比经过多年的正常交往更加亲密。

　　那会儿我突然想到——到当前为止，我的思想几乎完全与这场悲剧有关——不仅克里斯托弗死了（正如我已经意识到的那样，这似乎是为了回应我那可恶的愿望），而且我现在得到了西尔维娅的恩宠，也符合了我的愿望。

　　唯物主义也抵挡不住这种力量。在这些事件中，我看到了一只掌控神秘力量的可怕之手，似乎我只要许愿，愿望就可以实现，人命是不可阻挡的。

　　当然，这个想法很奇妙。但是，当一个人开始思索超自然的事物时，就不存在幻想这种东西了。想到我体内可能存在一种可怕的力量，正如这些事件所暗示的那样，这对我来说是一种奇怪的恐惧。

　　当我们转身走回公园巷时——西尔维娅似乎已重拾力量——我想把我的想法告诉她，恐惧促使我放下和她的友谊。我有一种感觉，我和她都受到了诅咒。

　　但我迟疑了，即使有克里斯托弗的悲剧和我个人恐惧的影响，即使是暂时的，我也不能对她非凡的外表魅力视而不见。虽然当时我做梦也想不到，可以利用这样一个现状，把她吸引到我身边来，但我也无法克制自己对她的爱。

因此，我只字未提心中的任何想法。

米克堂兄

六个月过去了——除了我和西尔维娅的关系逐渐亲密之外，这六个月平淡无奇——这段经历几乎不再对我有影响，而我并没有忘却它，每当我想到克里斯托弗的英年早逝时，我仍然悲痛不已。但我现在已不像当时那样感到恐怖，最重要的是，我觉得，我已经努力消除了迷信的恐惧，这种恐惧源于我碰巧在悲剧发生前夕突然爆发的嫉妒。

时间消除了这些恐惧，让我平静下来，好像超能力也会顾及时间！

现在看来，克里斯托弗之死将永远是一个谜。杰普森受到了当局的进一步审查。这个案件，起初激起了人们对罪犯——实施这种野蛮暴行的人的强烈愤慨，随着时间的推移，案件逐渐远离了公众的兴趣，后来几乎被遗忘。

整个恐怖事件的唯一收获——一件微不足道的小事！——就是要求杰明街那幢大楼的承租人必须在窗户上装上防盗闩。

四月底的一个晴朗早晨，我在公园里散步，突然听到一个声音，我急忙转过身来。

我一直在想着西尔维娅（如今她很少远离我的思绪），我在想，现在是不是该向她求婚了。对她的回答我十分有把握，到目前为止，出于对克里斯托弗的缅怀，我一直克制着自己不去强迫她，但六个月对年轻人来说是一段漫长的时光，我能断定她不会对我的求爱不悦。整个冬天，我几乎每天都去看她——除了她和萨默顿夫人在国外的两个月——我知道，在她认识的许多年轻人中，我是排第一的，但不能拖得太久，否则可能有人捷足先登。例如，年轻的西德尼·威瑟豪斯——威瑟豪斯教授的儿子，一个刚从牛津毕业的腼腆小男孩——我从他的举止中看到，他完全被西尔维娅的美貌迷住了，而且他的这种迷恋随时随地可能战胜他的羞怯。

"你好，老朋友！"那个声音叫喊道，我猛地转过身来，"你好吗？"

原来是我的堂兄米克。

我一时没有回答，只是惊愕地瞪着眼睛。他大摇大摆地追上了我，带着傲慢放肆的笑容上下打量着我。

这就是那位现在拥有家族产业的堂兄。

"老梅克皮斯怎么样了？"我的堂兄接着说，和我并肩而行，两只手轻松地插进他那件轻便花呢西装的裤兜里。"还在为入不敷出发愁吗？对梅克皮斯来说是一个沉重的打击，"他继续说道，"当我把他赶走的时候。对你也一样，我亲爱的马丁堂弟。"

两年——我已经两年没见到米克了——并没有减轻他对我的无理仇恨，这种仇恨从我们童年时代就一直存在，而且总是以半幽默、居高临下的嘲讽方式表现出来。

"你看，美德把我们引向何方，"他继续说道，"你还记得那些老女人吗？她们过去总问我为什么不能对人好点、礼貌点——像亲爱的小马丁那样；别人跟我说话时，我为什么不坐在椅子上回话——像亲爱的小马丁那样；还有我为什么不去主日学校——像亲爱的小马丁那样；为什么我不是个该死的小伪君子——像亲爱的小马丁那样……不过，现在你怎么样了？你看上去气色还不错。我要承认，也许你在这方面已经有了不少经验，能用一点点钱过很久。"

我本该立刻转身离开他的，但这样对米克来说是没有用的，他会跟着我一起走。他有一种奇怪的乐趣，以牺牲我为代价的作弄能给他带来极大的快乐。我发现我最好尽量少说话。

"你最近在做什么？"我问道。

"花钱，"他回答，"但不知怎么，这种乐趣已从我的生活中消失。"

"哦，怎么会呢？"

"嗯，你知道的，我们的家族财产，我们原以为都是属于你的，结果原来根本不是你的，而是归我名下，那时我就还清了所有的债务。这给我的生活留下了一片空白——一种空虚，一种真正的悲哀。我开始萎靡不振，我感觉不到以前那种对事物的热情了。最糟糕的是，我无法恢复往日那种美好的欣喜。我一直在花钱，却欠不了债，根本不能。"

"要欠债应该是很容易的。"我微笑着说道。

"唔，我一定会设法办到的。"他极其严肃地说道，"你是排在我后面，是吗？我是说关于财产的事。如果我死了，你知道的，当我长眠后，你将继承我的财产，这是一件令人愉快的事情。但如果我是你的话，就不会抱太大希望，可能没有什么财富留下来。想到我终于要设法弄些债务，我生命的最后几年可能会变得愉快起来。不，不要抱太大希望。"

我们朝前走着，我也把手插在裤兜里，竭力表现出，我对他那异想天开的奚落一点也没感到不安。

"你还没有结婚？"我问道。

"是的，没有。"他说，然后他停下来，疑惑地看着我。我知道他还有更多的奇思妙想要发生。"不过还是得谢谢你的提醒。"他说道，"你当然关心我是否结婚啰，如果我结婚生子，你的期望就会完全破灭。

我怎么就没想到呢？我刚才告诉过你不要抱太大希望，现在我告诉你，你根本想都不要想，我打算去娶我见到的第一个漂亮姑娘。"

我友善地笑了笑。他过分夸大了我对他财产的兴趣。他对财富可以任意挥霍，而我的口味简单，我的钱足够满足我的需要。那时，我还没有考虑过，如果想让西尔维娅维持她已经习惯了的舒适生活，我应该需要多少财富。

"你见到的第一个漂亮姑娘，"我说道，"可能会使你负债累累，在你生命的最后几年到来之前，会使你的生活愉快起来。"

"说得好，亲爱的马丁堂弟！"他惊呼道，"真的，今天早上你给出了一些很有价值的建议，你变得相当聪明和世故，我开始喜欢上你了……既然我们谈到你的成长——从保育阶段开始，你知道——我听到一些关于你和大名鼎鼎的弗农小姐的传闻，是怎么回事？"

从那一刻起，我试图保持镇定的努力似有土崩瓦解的危险。我堂兄的半幽默态度源自对我切切实实的憎恨。的确，在我们很小的时候，我被树立成温顺诚实和行为端正的典范。虽然，现在的我早已长大成人，这些标准不再适用于我，但米克从来没有忘记。我知道，纯粹为了让我难堪，他也会不遗余力地摧毁我所珍爱的一切。

"你听说了什么？"我问道，"关于大名鼎鼎的弗农小姐和我？顺便问一下，她很有名吗？"

"她是！相当有名！我听说，连皇室都对她很感兴趣，但这可能有点夸张。无论如何，我要祝贺你。"

"我没有什么值得你祝贺的。"我向他保证，也为了保护我自己，尽量把事情淡化。

"别谦虚了！"他说道，带着一点不耐烦，"你和弗农小姐的事我都知道。你们俩只是在等待一个合适的时间，在那个年轻的奈特先生被杀后。你有没有想过你到底要怎么养她？你明白，这不关我的事。"

"问题是，"我回答说，仍然试图把他的注意力从西尔维娅的身上转移开，"我是否打算要养她，要取决于两点：第一，我是否有意请求她允许我养她；第二，如果我这么做了，她会说什么。我还没有考虑这个问题，你对我的了解似乎比我自己还要多。"

"当然了！我一直比你更了解你自己！一想到你们俩为了体面，要费尽周折，我就很担心。我听说她自己没有钱，这个事实让相当多出身高贵但家境贫寒的年轻人被拒之门外。但这并不会让你退缩，因为你从来就不以聪慧出名。那么，可以加上我一个吗？——这事对我不是问题，我告诉过你，我的收入多得快花不完。"

我笑了，努力不把他当回事，但我无法抑制自己的不安。

"我应该欢迎你和所有其他人一起进入候选人名单，"我评论道，"并拥有机会赢得这位女士的芳心。"

"当然，"他附和道，"更重要的是，我有责任进入名单。我必须设法拯救这位女士，使她免遭失落的恐惧，从公园巷的豪宅坠落到布朗普顿路的公寓的恐惧——一套由老梅克皮斯操持的公寓……我也告诉过你，"他继续说道，眼睛凝视着前方，他的脸上顿时露出诡异的满足之色，"在你的建议下，我应该娶我遇到的第一个漂亮姑娘，她就在那。"

我抬起头来，看见不到五十步远的地方，西尔维娅正轻松地向我们走来。

我知道她在公园里，不到一个钟头之前，我去拜访她时，他们就告诉我了。我一直在街上闲逛，期待能遇到她，然而，我没有料到米克会出现，我真愿意不惜一切代价来避开她，但是，现在不可能了。

米克当时得意扬扬的满足感，现在在我看来极其可悲。米克的幸福感来自能够完全地排挤我，他从来没有想到，他正迈出另一场悲剧的第一步。他当然没有想到，即使是我，也从未有过这种想法。

"真讽刺！"他低声说道，"想不到你还得介绍我！你知道，马丁，你必须这么做，无法回避。"

我为他们介绍了彼此。

西尔维娅抬头看着我这位潇洒的堂兄，脸涨得通红。

"我一眼就看出你们是亲戚。"她说道，这时我们已侧过身来，让她站在我们中间。

"我很像马丁吗？"米克问道，"谢谢你的恭维，弗农小姐。这是我们家族为数不多的几件出名事之一——家族持续的相似性，就连梅德·罗德里克也不例外。"

"谁是梅德·罗德里克？"

"梅德·罗德里克，生于大约 1600 年代，我只知道这些。"米克回答道，"他的肖像在家族画廊里。马丁，还记得我以前是怎么吓你的吗？我经常假扮梅德·罗德里克。顺便提一下，弗农小姐，我大概一个月前在罗马见过你。"

最后这句话让我很吃惊，我不确定我的堂兄说的是实话，还是他无意中听说西尔维娅在罗马。

"在哪里？"她好奇地问道，"我在做什么？"

"是在某个广场上，你正好路过。"

"你认识我？"

她有她的弱点。她转过头，仰望着他，当她的双眸再一次触及他的目光时，她笑了，同时脸也红了。

"我不认识你。"他说道，"但我冒昧地打听了一下你是谁，我相信你会原谅我的。"

"我不知道我是否应该原谅你，你也承认，这是一种失礼。"

"就当是强烈的好奇心吧。"他回答道。

当时的我，闷闷不乐，一路走来感到非常困窘和难受。我本来在这类谈话上颇有技巧，为此而感到自豪，但是，与我的堂兄相比，我不过是一个小学生。

"马丁，你从没告诉过我，"西尔维娅说道，"你在伦敦有个堂兄。"

"我也不知道，我半个小时前才见到米克堂兄——两年来第一次见到他。"

"你一直在找我吗？"西尔维娅问道。

"我只是在闲逛，哦，是的。"

"好吧，你们俩都得来吃午饭。等我们回到家的时候，午饭应该差不多准备好了。这么长时间，你们一定有很多话要说。"

无须多说，米克欣然接受了邀请。如果我机智一点的话，我应该说别处有约了，这样西尔维娅就不可能一个人带我堂兄回家了，但我错过机会了。

我们仍旧并排走着，从格罗夫纳大门离开了公园。一会儿，我们就上了大理石台阶，朝着我现在十分熟悉的府邸大厅走去。

但是，这次的风头都被我的堂兄抢了，他一直在说话，让西尔维娅感到轻松自在，仿佛他们已认识多年。

我非常沮丧，失去了幽默感。

一间奇怪的卧室

午饭过后，堂兄执意要带我去看他在贝克大街附近的新公寓。

他告诉我们，在旅行中，他汲取了多个国家的文化思潮。现在，他的公寓是他消遣的地方，他敢说这个公寓是世界上独一无二的。

他说话时带着行家的骄傲，而西尔维娅在场，我不能无礼地告诉他，我对他的公寓一点也不感兴趣，因为西尔维娅丝毫不知道我和堂兄之间存在的强烈敌意。

自从和西尔维娅见面后，他对我的态度发生了改变。旁人也许会以为他和我的关系是最好的，而且，他走下台阶往公园巷走去时，把手搭在我肩上的样子，可能会使人更容易产生这种误解。

但我没有被他蒙骗。在他和西尔维娅相识的初期，我会对他有所帮助，他只能通过我和她保持联系。我既然和他一起去了，此刻我不想再与他作对，因为我已决定，一有机会就向西尔维娅坦白所有情况，同时我也不想让局面变得更复杂。

　　米克的公寓和他说的完全一样。我一眼就看出他财产的庞大，而且他一定会像他曾经异想天开说过的那样，竭尽全力地把这笔钱花光。这套公寓在大楼的顶层。顶层的公寓小而通风，底层的公寓大却密闭。所以，他把两套顶层的公寓打通改成一套，这样空间就大了，同时也能享受到伦敦新鲜宜人的空气。他听说附近的一块荒地上要建一座工厂，会有高高的烟囱，如果谣传是真的话，他说他会在工厂建成后立即买下它，然后再把它拆除。这将是摆脱一大笔钱的好办法，他表情极其严肃地说出了这些滑稽的想法。

　　"这么说，你现在对新鲜空气比较感兴趣？"我质疑道。

　　他已经带我看了一两个房间，大概以为我是在嫉妒他，因为到处都能看到他极其富有的痕迹。

　　"是的，"他说，"我在澳大利亚的时候就喜欢上了新鲜空气。来看看我的卧室，我认为，它是伦敦独一无二的卧室。"

　　当我看到卧室时，我同意他的说法。

　　他似乎把整个外墙都敲掉了，在房间内重建了一个足足有八十平方英尺的空间。这样一来，就有了一个相当大的类似于阳台的地方暴露在户外，在这个空间放着一张行军床。

"那些人认为我不是疯了，"当我们走进这间独特的卧室时，他说，"就是得了什么病。你看，房间的这一部分，开发商实际上是用来做走廊的。起初，他们感到很不安，现在我已经和送牛奶的人说好了，当他早上路过时，让他叫醒我。每周我给他一个先令，这根本用不了我多少钱，却能让他不对我的精神状况发表评说。"

我笑了起来。米克有时会变得非常和蔼可亲和有趣。

"从这儿看风景很好。"我说着向前走到走廊的铁栏杆前，望着对面的公园，"我不知道伦敦有这么多树。"

"是哦，美景尽收眼底！"他赞同道，"总有一天，如果金钱可以创造奇迹，我会在那里种一棵树。"

他的目光越过栏杆，望向一百英尺下面的混凝土庭院。

我也跟着向下望了一眼，本能地往后退。

我们站立的走廊，楼下每个隔间都有，越往下变得越小，直至肉眼难以分辨。在院子里，一个轮廓清晰、身材矮小的女人正在用拖把清洗水桶，旁边似乎是一个下水道。水桶从那女人手里滑了下来，它翻了个身，在金属发出的尖锐撞击声微弱地传到我们耳中之前，它已经停止了滚动。

"你看，"我堂兄重重地靠在栏杆上说，"混凝土太平淡无奇了，这就是为什么我想要一棵树的原因。"

他又把我带到屋里，向我展示他的书，一直到下午茶时间都没让我乏味。他很好地克制住了他那恶意取笑我的习惯。事实上，我几乎被他的态度欺骗了，居然认为他要把西尔维娅从我眼前带走的惊人威胁只是为了戏弄和惹恼我。

但是，没过多久，他又忍不住要表现出对我的蔑视。

"你喜欢这个地方吗？"道别时，他向我问道。

我说我喜欢，非常喜欢。他接着说：

"你不觉得适合公主住吗？甚至适合弗农小姐，嗯？我当时在这个地方和布朗普顿路的一个小破地方之间摇摆不定。那时还没有决定是想要一个真正的家呢，还是仅仅想要一个睡觉的地方。我选择了这里。现在我很高兴我做了这样一个选择，弗农小姐会喜欢的，我相信她一定会。我必须设法说服她和萨默顿夫人来看一看，我想这是能办到的，这地方的新颖别致会是一个很好的借口……顺便问一句，我有没有告诉过你，萨默顿夫人问我明晚是否愿意和她一起去看戏？"

"没有。"我转过身来对他说道，这时，我们旁边电梯房的电梯开始从很远的地方升上来，"她邀请你了吗？"

"是的，在午饭的时候，当然，弗农小姐也会去的，我知道你也要去。"

"是的。"

"那太好了！"他惊呼道，电梯在我们面前停住了，我把格子门推到一边，"你可以在幕间休息时哄萨默顿夫人开心。"

我不知道该怎么回答。我已经说过，在言语方面，我不是米克的对手——恐怕在任何其他方面都不是。我没有回答，而是坐电梯下了楼，大步走到街上。

在我步行前往伦敦西区的时候，我把自己和堂兄比较了一下，才意识到自己是多么微不足道。我知道他的目的是要让我感到卑微，我也知道他会成功的，我恨他对我永无止境的敌意。过去我确实受够了他的折磨！但显然还没有结束，他着魔似的处处要打败我，并以此为乐。而且，他不满足于对我既成的一切伤害，他定要设法把西尔维娅从我身边夺走。

他很可能会成功。这几个月来，我一直在努力让西尔维娅对我有兴趣——希望她喜欢我，这是真的。但我没有真正的对手，只有年轻的西德尼·威瑟豪斯可以说与西尔维娅关系密切，而威瑟豪斯又太腼腆，不值得我认真对付。

然而，米克在半小时内就直接进入了这个家庭的核心。他会把我的梦想送上天，并乐此不疲——就像过去他毁了我的玩具一样。

但是，他不能这么做，我对自己坚定地说，我能忍受失去任何东西，唯独不能失去西尔维娅。一种本能的野性攫住了我，我发誓，任何人都不能从我这里夺走那个神圣的生灵。

想到她的可爱，我似乎充满了超人的力量和决心。

同时，我也有了极大的自信，这让我加快了步伐，嘴角露出了冷笑。似乎有什么神灵告诉我，我不必害怕我的堂兄。当我想到他故意带我去他那豪华的公寓，以此来嘲笑我的贫穷时，我嗤之一笑。

在剧院

"西尔维娅，"我说道，因为这个最重要的时刻已经到来，我有些紧张，"我想问你一些事情。"

我不知道我为什么要用这么平淡无奇的语言来介绍这个至高无上的时刻——但我做到了。

那是我参观堂兄豪华公寓后的第二天下午——那天下午我们都要去看戏。

我已决定让米克在幕间休息时去哄萨默顿夫人开心。

尽管我很自信，我还是感到紧张。

西尔维娅和我单独待在餐厅后面的一个小书房里。我知道自己衣着得体，这能帮我一点忙；我也知道，我的举止符合周边的氛围，这给了我信心；但我最清楚的是西尔维娅的绝世美貌。我的紧张源于这样一个想法——能拥有如此美丽的尤物，绝对不是男人的幸运。

她站在壁炉旁，刚燃起的炉火明快地摇曳着，映在房间华丽而阴暗的镶板上。虽然我认识她已经有六个月了，但我总觉得跟她在一起，像是置身于一种天赐的神秘之中。她极具女性气质，身上有一种无法描绘的精致和魅力。米克曾说过皇室对她很感兴趣，他所说的可能是谣言，但我完全相信有那种可能。她有一种天生的女王气质，让男人成为她的奴仆，无论他们愿意与否。

就是这个姑娘，我即将让她与我一起分享我那微不足道的一千英镑年薪。

"你想问我什么？"她说着，转过头来看着下面的炉火。

这时，我的自信消失了。

我向她走近了一步，因为现在我必须完成求婚。但是，即使我穿着得体，也没能鼓起我的勇气。

"西尔维娅！"我大声道，一股突如其来的逞强之势帮了我的忙，"我想要你做我的妻子，我知道我配不上你。"我听见自己又说道，"但是，没有人是配得上的，没有人会比我更爱你。"

说到这时，我冒昧地把手放在她的肩上，让她的身体半转向我。

我记起了那些日子——六个月前——她习惯挽着我的胳膊，以获得精神和身体上的支持。

想到那段时光，我又用另一只手托着她的下巴（她仍在凝视着炉火），试图抬起她的脸对着我。

但她从我试图拥抱的双臂中溜走了，向后退了一步。她脸上没有害羞、困惑或高兴，而是显而易见的痛苦表情。

"为什么？"我大声道，"我以为——"

"噢，马丁，我知道！"她说道，"可是我现在不能回答，你要是一周前问我就好了！或者两天前！……别逼我现在回答，给我点时间，等到今天晚上——看完戏以后。"

我完全糊涂了，一时无言以对。我原来一直认为她的回答会是肯定的，现在失望让我惊愕。

"但是，为什么是今晚？"我终于问道，"为什么是上周？其间发生了什么事？"

她还没来得及回答，我就意识到发生了什么。

"不，不！"我继续说道，"我这样问是不对的。要我带你去找萨默顿夫人吗？"

她没有说"是"或"不是"，但她转身向门口走去，我跟在她身边。

我知道，像其他许多女孩一样，她已经被我极具蛊惑力的堂兄迷住了。

到了门口，她转过身来，冲动地用双手抱住我的脸，吻了吻我。"哦，马丁！"她抽泣着，"你待我太好了，太好了，那么有耐心！我要是知道自己的心意就好了！"

说完她就走了，留下我一个人在房间里，我出奇地高兴。

我知道只有我的堂兄在妨碍我获得完全的幸福，所以我觉得不必担心。我怎么也解释不了为什么我突然变得自信和兴高采烈起来，但是，的确就这样子了。

我离开了屋子，没有惊动任何人，回家换衣服，准备去看戏。

大家说好在剧院汇合的。我来得早，以防万一我还是事先问了服务生，萨默顿夫人是否到了。我出示了包厢的号码，那个招呼我的姑娘——从门厅的远处看像个小女孩，走到近处看少了点女孩子气——打通了电话，确定夫人还没有到。

我谢过她，转过身去，在镶木地板上踱了大约五分钟。

我满脑子都是我堂兄，为了西尔维娅我还没有想出打败他的任何计划，但我正在思考这个问题，我有信心一定可以打败他。

在我和米克的任何一场斗争中，我从来都不积极表达自己的立场，因为我一直都认为不值得。但有了西尔维娅·弗农作为筹码，我知道我会奋战到底，我会展现出一种精神，一种令我那自信的堂兄惊叹的精神。

我希望他会比女士们先到，与他私下交谈几分钟可能会产生很好的效果。

然后我突然想到，也许他已经在这里了，已经直接去了包厢，因为我不知道他们的具体安排。

我又一次招呼起了那个我误以为是小女孩的成年女人，她第二次娴熟地为我拨通了电话，最后告诉我，萨默顿夫人一行还没到场。

于是，我在镶木地板上又踱了一两分钟，心里想，还是不要单独去见米克的好，家庭不和容易演变成激烈的冲突。

由于我的焦躁情绪，剧院的内饰很快对我失去了吸引力。我漫步走到台阶上，打量起沙夫茨伯里大街。傍晚的这个时候，沙夫茨伯里大街热闹非凡。

我在想，米克的事最好还是交给诸神来处理。我坚信，我很快就会有机会表明自己的立场，我应该让我的堂兄看看，他这些年来是多么低估我。

我注视着每隔一会儿就从路边开过来的私家汽车和公共出租车，它们放下车上的客人，又滑进车流。我读了街对面所有灯火通明的店铺名字，看了空白墙上的一排报纸海报，知道了预算盈余正引起财政大臣的巨大担忧，知道西区发生了一场悲剧，下议院发生了骚乱，新连续剧今天开播。

这时，有人碰了碰我的胳膊，我低头看到了西尔维娅怅然若失的脸。

"哦，对不起！"我说道，"我一直在看今天的新闻，没有看到你来。"

"可是你堂兄呢？"萨默顿夫人问道，她的头稍稍歪向一边，扬起眉毛，那神态使她显得十分活泼，"我们来得太早了吗？"

"不会太早。"我回答道，"但是他还没有来。"

我护送她们走上铺着厚重地毯的楼梯，随后是走廊。

"他到了会打听您的包厢的。"我说道，这时，一个服务员打开了一扇门，呈现在眼前的是一大群嗡嗡作响的人，"工作人员知道这是您的包厢，事先我已经去办公室问过了。"

我们见面时，西尔维娅除了寒暄之外什么也没说。

我们进入内场，管弦乐队已经演奏完了一首曲子。指挥家摆弄了一会儿乐谱，看了看表，显然拿不定主意是否要进行另一首曲子的演奏。他开始指挥另一首曲子了，但还没演奏完几个小节，铃声就响了，优美的曲子就这样过早地结束了。

可是，米克还没有来。

"这很不像他，"我说道，主要对着西尔维娅，"除非他性情大变，一般只要有漂亮姑娘在，他总是准时的。"

我本不应该说那样的话，无论如何，说这种话是不厚道的，特别是在当事人不在场时。

但我不知道女士们是怎么想的，因为这时幕布拉开了，把我们的兴趣吸引到了舞台上。

我看了开场的前几段戏，但我的思绪会漂浮到我们身后的门上。后来，我的眼睛随着我的思绪不时地四处张望，期待着门会打开，米克出现在那个门缝里。无论什么事情耽误了他，他都会准备好一个故事，再加上几句精心挑选的托词，就能让他重获好感，即使他完全忘记了那次约会。

西尔维娅也不时地向门口瞥上一眼。

第一幕结束了，萨默顿夫人转向我，立即开始和我闲聊起来。在整个幕间休息期间，我和她一直在闲聊，而西尔维娅，我觉得，一直闷闷不乐地环视着礼堂。

灯光熄灭，第二幕的帷幕升起。但我们还未来得及看清舞台，包厢后面那扇迷人的门就开了，一个男人悄悄地站在门外——他穿着某种制服，就像门童穿的制服一样。

他无声地向我招了招手，我溜下座位，在门口和他会合。我很不习惯和穿制服的陌生人打交道，但这个男人神秘的气质让我立即产生了好奇。

"先生，您是马丁·斯特兰奇先生吗？"他低声问道。我告诉他我是。

"有个电话找您，先生，是关于您堂兄的，他们说，一个叫米克·斯特兰奇的先生，我想这是他的名字。"

"是的，"我说，"我们正在等他。"

"很遗憾，他已经死了，先生。"那人说道，仍然很小声。

"死了？"

我走出包厢，来到灯光昏暗的走廊，轻轻地拉上了门。但不想，门马上又从里面被拉开了，西尔维娅悄无声息地加入了我们。

从她惊讶的眼神中，我猜她已经听到了发生的一切。"他们已经挂断电话了，先生，"那人接着说，"他们问您是否介意去一下马里波恩的格林湾大厦？我知道现在的情况相当——相当悲惨。"

"发生了什么事？"西尔维娅抬头看着我的脸，问道。

"他们到底说了些什么？"我问那人。

正在这时，一个工作人员沿着走廊匆匆走来，她手里没拿节目单，而是拿着一张匆匆叠好的报纸。

"这是经理的，"她对那人说，"也许这位先生想看看报纸上的报道。"

她一边说，一边把报纸递给我，用一根涂着绯红色指甲油的手指指着一个标题为"西区悲剧"的专栏。

我通读了报道，西尔维娅越过我的手臂也在看。

报道说：

今天清晨在格林湾大厦后面的院子里发现了一具平躺着的男尸，死者后来被确认为米克·斯特兰奇，他居住在大厦的一套公寓里。米克·斯特兰奇是一位富豪，最近才在伦敦定居。

尸体发现时，斯特兰奇先生已经死了好几个小时。

艾伯特·琼斯先生是公寓的送奶员，他告诉我们的记者说，斯特兰奇先生是一位三十岁左右的年轻人，每天早晨他习惯一开始就到他家，叫他起床。琼斯先生解释说，死者住在这栋楼的九层，他把公寓改造了一下，他就睡在外面的阳台上。

今天早上，行军床是空的，而且已经翻了。琼斯觉得这很不寻常，他探头从阳台的栏杆往下看，阳台有一百多英尺高，惊恐地看到斯特兰奇的尸体，穿着睡衣，躺在楼下混凝土庭院里。

斯特兰奇先生在过去的两年时间里，几乎一直住在国外。三年前，他继承了著名收藏家亚伯拉罕·斯特兰奇的财产，他是这位收藏家的孙子。

读完这篇报道后，我盯着报纸看了很长时间。然后，我看到西尔维娅抬头看着我，她的脸变得煞白。

我们交换了眼神，不对，我们是彼此凝视了很久。

但是，我无法从她的表情中猜出，她是否和我想的一样。

我颤抖着——我颤抖是因为我站在一个未知世界的边缘。我祈祷她不要对我那超能力有所察觉，我现在确信自己拥有可怕的超能力。如果她知道了，她会害怕地逃离我。

可能她正在想，克里斯托弗·奈特的悲剧和我堂兄之死间的巧合——一个人是已经介于我和她之间，另一个人是扬言要介于我和她之间。但愿她继续认为这只是个巧合！

我重重地靠在镶木护墙板上。那个工作人员走了，又回来了，手上端着一个托盘，上面有几个玻璃杯和一瓶白兰地。他们不知从什么地方拿来了几张椅子，让西尔维娅坐下来，给她喝了一些白兰地。他们也让我坐下来喝点酒。

他们认为我堂兄之死的悲惨境况让我很难过，的确是这样的。尽管米克之死非常骇人，但与恐怖的事实相比，它是微不足道的。恐怖的事实是，有一种超自然的东西正秘密地与我结盟，准备摧毁任何阻碍我和我的愿望之间的东西。

我需要承担的责任是可怕的；这个隐秘幽灵的存在近在眼前，这种感觉让人难以忍受。

西尔维娅的恐惧

　　我们离开剧院后（我相信我们是立即离开的，虽然我根本不记得了），上了一辆出租车去公园巷。

　　只有萨默顿夫人一个人在努力交谈，她的观察结果可能只基于在悲剧中看到的简单事实。她可能会想到——我相信西尔维娅也会想到——六个月来接连发生的这两起暴力致死案件之间的联系。这种联系会使人感到不安，而且有点迷信，但她肯定猜不到这两个人都是因为妨碍了我的愿望而死的。

　　我尽力去听萨默顿夫人在说什么，我想我至少成功地向她隐瞒了我的恐惧。

但是，西尔维娅一直在看着我。在行驶的过程中，我多次看到她用一双惊骇的大眼睛盯着我——这双眼睛增加了我的恐惧，尽管我试图向自己保证，她不可能怀疑到有这种神秘的超能力存在——这种能力是如此不明智地（如果我可以用这样的表达）为我工作。

到了公园巷，我扶她们下了车。她们希望我直接再乘这辆车前往我堂兄的公寓，但我拿不定主意是否要这样做。一想到身处悲剧现场，我就感到恐惧，然而，如果我不去，又显得很奇怪。

女士们正走上台阶，我紧随其后。我突然问自己，问题是突然冒出来的："难道我应该放弃对西尔维娅的所有想法吗？我对她的爱已经造成了两个人的死亡：我无法用其他任何方式来解释他们的死亡，将来，可能会引发其他悲剧。这样是不是更好——"

就在这时，西尔维娅转过身来，而萨默顿夫人继续往前走着。她站在比我高一两个台阶的地方。她的晚礼服在公园巷昏暗的灯光里，闪出银蓝色的微光，让她苗条的身影更被赋予了一种缥缈而令人发狂的美。她有一种女神般诱人的神秘感。

我知道，拷问自己是否应该完全放弃对她的想法是没有用的。

"你进来一下。"她说道，是恳求，"我有话要说——有话非说不可。"

我低下头，思索着，突然害怕起来，唯恐她会发现我的秘密。

我回到出租车上，付了钱给司机。等我走上台阶到门口时，女士们已经在大厅里了，一个男仆为我开了门。

西尔维娅三言两语应付了她的姨妈，我没有听到她们的对话。在我们现在所处的境况中，循规蹈矩并不是世界上最重要的。

我们又来到了房子后面那间带镶板的小房间里，西尔维娅再一次站在火炉边，一只手靠在壁炉台上，俯视着火焰。我踌躇地站在地板中央，仍然穿着我的轻便大衣，手里拿着帽子和手套。

"今天下午你问了我一个问题。"她说道，声音低得我几乎听不清。

"是的。"我喃喃地说，急切地向前迈了一步。

她突然转过身，躲开了我。

"躲开！"她说，突然激动起来，"我不能让你靠近我，死了两个人已经够了。"

她的言语——尤其是她的态度——让我害怕。当然，我断定她已经猜到了我的秘密。

"可是，"我结结巴巴地说，我已下定决心要战斗到底，"这两起死亡跟你我有什么关系呢？我不明白。你只是一时难过，西尔维娅。"

我又朝她走近了一步。既然我在为生命中最大的奖赏而奋斗，我自己的恐惧就不再存在，我一心只想让她相信所发生的一切并没有什么反常之处。

"你说得对，"她说着，又向后挪了一步，伸出一只手，好像要挡住我，

"我很难过，我和你一样不明白，这两个人的死难道没有让你想过——让你怀疑过吗？"

"既然你提到了，是的，"我回答道，"我们认识的两个人竟然都在非正常的情况下死去，这似乎很不寻常。"

"你就没有更深入地想过吗？"

"没有。"我撒了谎，"这个巧合的确让我震惊。"

我必须不惜一切代价打消她的怀疑，虽然我自己对此已确定无疑。我的恐惧已完全消失，为了拥抱那可爱的身影，我本来就应该与邪恶势力对抗。

"仅此而已？"她问道，又回到壁炉边，靠在壁炉架上，"你难道就没有注意到他们两个都是男子——都是年轻男子吗？而且，他们两人都爱着我？"

"两人都爱你！"我惊呼道。她离真相越来越近了，但令我吃惊的是，她说他们俩都爱她时的坚定态度。"可我堂兄只见过你一次，"我补充道，"你怎么知道他爱上你了？"

"我怎么知道？"她似乎在嘲笑我，我在那种淡淡的轻蔑下感到受了惩罚。"现在不是对这些事情有所保留的时候。我知道他是，他告诉我的，但是，在他告诉我之前我就知道了。我本应该讨厌他的鲁莽，但我没有，我被他吸引了，我没说我爱上了他，不，不，只是他的个性很独特。"

"但你可能已经爱上他了?"我提示道,"这就是你叫我等到看完戏后再答复我的原因?你想看看他是否有意进一步推进你们的关系?"

"差不多是这样的。"她面无表情地说道,"不过现在已经无所谓了。我再说一遍,这两个男人都爱上了我,他们都死于暴力。"

我再也说不出什么理由可以反驳她得出的这个可怕的结论。

"你认为那意味着什么呢?"我两眼望着火炉,问道,尽管我的全部注意力都在她接下来要说的话上。

"这意味着,"她抬起头,看着她面前那堵空白的嵌板墙说,"我受到了诅咒……你笑吧,"她急忙补充说,一面回过头来,带着愤懑的目光望着我,"可是这件事太严重了,不能这么轻易地置之不理。"

我确实笑了,或者,至少,当我知道她没有怀疑到我坚信的事实时,我的脸上露出了欣慰的神色。现在我真的笑了,即使冒着激怒她的危险,我也觉得我必须让她远离迷信和黑暗的思想。"胡说!"我叫道。

为了一蹴而就地打消她这个念头,我快步走到她跟前,在她还没有来得及退缩之前,就把她搂在了怀里。

"请原谅我反驳你!"我开玩笑似的低声说道,"可是你知道的,这都是无稽之谈,这种事不会发生,就连威瑟豪斯教授也说过,他从不知道有什么被证实过的灵异事件,这都是想象,你只是一时难过,就像我一开始告诉你的那样。"

她挣扎了一会儿，但我紧紧地抱住了她。

"哦，马丁，我真害怕！"她说着哭了起来，"我知道这听起来很愚蠢，但我觉得我周围隐藏着一股可怕的力量，怪异的！我觉得人们——众生——正在看着我。它似乎——"

"你只是太难过了，就这么简单。"我淡淡地说道，然后，我的情绪控制了我，不再害怕被拒绝，我把我的嘴唇贴在她的嘴唇上，双手抚摸着她的肩膀、她的头发，一切都被遗忘了，除了和她身体的亲密接触。

她并没有试图阻止我，相反，她完全投入了我的拥抱，并以意想不到的热情回报了我的吻，我仿佛置身于天堂的最高处。

然后，她挣脱开了我。我心满意足，因为她现在是我的了。

但是，她又回到老话题。我只有耐心对她，因为我太幸福了，不知道还能怎样。

"我忍不住要说，马丁，"她拉着我的手喃喃道，"我怕你接下来会出事。"

"我不会的，一点也不会，"我轻松地对她说，"我怎么会出事呢？"

"三个爱我的人，两个已经死了。"

"只有三个！"我叫道，"爱你的人有好几百呢，见过你的人，没

64

有一个不会爱上你的。"

我说这样的话是不明智的，但幸运的是，她不是一个容易被奉承所影响的女孩，她不会因为别人都爱她而轻视我。

"可我只允许三个人向我袒露心迹。"她接着说道，"我知道有些人只需要一点点鼓励。但这让我很担心你的安全，向我示爱的人中，有两个已经死于——"

"死于什么？你不能说是……一个也许是窃贼所为；另一个，我们还不知道，为什么他会从阳台上掉下去？但可以肯定的是，鬼魂不会对人施加物理力量——如果你这么想的话。"

就我自己而言，我确信幽灵确实对人施加了某种客观存在的力量。我堂兄的悲剧让我意识到克里斯托弗·奈特的死是不可避免的，虽然这可能只是巧合，但我不能不相信第二次死亡是某种意识力量的作用，即使它有助于我追求这个女孩。

"鬼魂（如此粗鲁的说法，但你知道我的意思），"西尔维娅继续说道，"可能会让你的堂兄——出于恐惧或某种暗示——从阳台上跳下去。"

"可是一个人是不可能用自己的双手勒死自己的。"我干巴巴地插话道，"克里斯托弗是被勒死的。"

现在看来，那天晚上我们是几近残酷地、坦率地在讨论死亡。死亡的客观事实可以被很容易地谈论，不带任何感情色彩。但是，我们周围有一种比死亡更可怕、更神秘的气氛——一种黑暗、不祥和鬼祟的恐怖气氛。

西尔维娅没有回应我最后的那段评论，只说了一个不确定的问题，那就是有什么无可辩驳的东西使她感到害怕。

我也不能说服她，让她相信是因为第二次死亡的打击，使得她的神经不稳定。

可以说，我都无法让自己相信，她的恐惧是想象出来的。她提出的解释使我的思绪进入了新的探索途径。我毫不怀疑，这些悲剧的原因是超自然的，但我猜不出造成这些死亡的最终意图是什么；我猜不出这种超能力波及的范围有多大；我也猜不出下一次这种超能力显现的受害者会是谁。西尔维娅可能是下一个受害者，或者是我。

我又开始颤抖起来。在深不可测的神秘面前，人类是一种弱小的、毫无防御能力的生物——当受到超越自己知识范围的黑暗威胁时，这种生物只能感到恐惧。

"我希望能像你一样无忧无虑。"西尔维娅说道。

我轻轻地笑了笑，用胳膊搂住她的肩膀，把她领到门口。我不敢让她知道我的恐惧可能比她更强烈。

"明天你就会的。"我说道，"睡个好觉——这就是你所需要的。"

然而，到最后她仍然不能被说服。当我道晚安时，萨默顿夫人在场，夫人对我们的爱情宣言一无所知，她搂着我的脖子，热情地吻别了我。

我接着去了格林湾大厦，这纯粹是出于义务。我要去感谢服务生的好心，感谢他不辞辛苦地找到我。

我没有去看尸体，我含糊地找了个借口——我忘了自己说了什么——然后又以最快的速度离开了。如果再去那间卧室，再靠近那个阳台，往下看那消失在混凝土庭院里的层层走廊，我会充满恐惧。

唯一能让我精神安宁的办法就是停止病态的思考——有意识地拒绝去想这两起死亡背后可能发生的一切。

再次回到繁忙的街道上，单纯的生活如火如荼，我与西尔维娅为数不多的幸福片刻又回到了我的心头——如果它曾经离开过我的话——世界再次成为一个充满欢乐和希望的地方，与同类相遇能让恐惧暂时搁置一旁，病态的想法会成为恶魔，最重要的是西尔维娅接受了我的爱。

我大步走向牛津街，打算找辆出租车回家，回到我在布朗普顿路暗淡的家。

然后，我意识到，我堂兄的所有财产现在都是我的了，直到那一刻我才想到。

来自过去的声音

尽管我轻松地把所有胡思乱想都抛诸脑后，但我刚把钥匙插入房门，就感到有一种不祥的预兆。

我没有立刻打开门，而是把钥匙插在锁里，站了一会儿，思考着。

如果西尔维娅是对的呢？我想到了这扇坚固的房门后面黑暗的门厅（梅克皮斯非常节约，坚决不肯让门厅的灯一直亮着，除非有人进出），想到了我黑暗的卧室，想到了现在到黎明还有些时辰。我知道梅克皮斯已经越来越聋，总而言之，他太老太弱了，一旦发生任何紧急情况，他都毫无抵挡之力。

羞愧使我鼓起勇气，我转动钥匙，把门推开。

令人惊讶的是,门厅的灯肆无忌惮地亮着。当我关上身后的房门时,头发花白的老梅克皮斯从他自己的房间出来,我感觉他是脚步轻快地向我走来的。

"他们找到您了吗,先生?"他急切地问道。

"你是说米克的事?……是的。你知道他已经死了吗?"

"啊!他们告诉我了——当他们打电话询问如何联系您时,我真希望他们找不到您,先生。我本想由我来告诉您这个消息的。"

这个奇怪的陈述让我感到非常困惑,但我没有多问。当梅克皮斯拿走我的帽子和外套时,我只说了:"是的,他走了,相当悲惨!"

我最不想做的就是讨论这件事。

"从某种程度上说是悲惨,"老人承认道,"不过,容我冒昧地说一句,他是个粗野的人,他知道他祖父的事。"

"我猜,你已经知道他是怎么死的了,他们告诉你的吗?"

尽管我不愿意谈论这件事,我不得不向梅克皮斯透露了一些基本情况。

"是的。"梅克皮斯说道,"他死的方式和他的祖父一样——就是我刚才提到的那个人——错了,那是他母亲那边的,是他的外祖父。"

我正要往客厅去,打算在睡觉前读上一小时左右的书,可是老人的话把我吸引住了。

"噢！"我说道，"这很奇怪。"

"是的，您完全可以这么说，先生。而且他们从来没有了解到这个案子的真实情况。"

"他们没有？为什么？发生了什么事？好笑的是，我从来没有听说过这件事！"

"这不好笑，马丁先生。我们尽可能不提及这起案子，因为有太多奇怪的谣言在流传，最好不要说得太多——尤其是对那些感兴趣的人。"

"感兴趣的人？"

"是的，家族里的人，您知道的，冲突已经够多的了，斯特兰奇家族一直以来都喜欢相互攻击。"

"你愿意告诉我吗？"我问道，示意老人先我一步进客厅。

我觉得，我的思绪一直在黑暗中模糊地摸索，而他这里可能有一些东西会对我有所帮助。对于需要了解的家族历史，我从来没有想到可以咨询梅克皮斯。

"好吧，马丁先生，既然现在家族就剩下您一个人了，也没有人要与您争执，我觉得您应该知道。您总不能与您自己发起争执——尽管我还不清楚，有些人——"

梅克皮斯非常愿意告诉我关于家族的事，为此，他忠诚地隐瞒了几代人。他仍不愿意先于我进入客厅，坚持要让我先进。他扶着门把手，开着门，僵硬地站着，直到我从他身边走过。

我完全可以转身对他说："你为什么在我面前谦卑，梅克皮斯先生？应该由我来为你开门，你更有权利得到我的尊重。我能和你一样吗？在任何一件重要的事情上——忠诚、经验、智慧，以及一百件其他事情上，以此来评判一个人的价值的话。"

但我没有说话。

他客气地坐了下来。如果他再年轻几岁，我想他会在整个面谈过程中坚持站着。

"马丁先生，当我听到这个消息的时候，我对自己说，这简直是他外祖父悲剧的重演。的确如此，您要记住我的话——他们永远也查不清楚。"

"可是，调查还没进行呢。"

"可能就是那样的，一百次调查也不会让他们有进展。我这么说不是因为米克先生，是因为没有人能保证这是谋杀、自杀或是不幸——比方说，睡梦中行走。我知道的，因为那也是他外祖父谜案的棘手之处，没有什么东西可以证明究竟发生了什么。他们说那是一个意外。"

"他们凭什么这么说？"

"没有理由，或者，可以说，是因为宗教原因，他们说不出别的理由，如果您明白我意思的话。"

"不，当然不明白。"我承认道。

"在这种情况下，他们也不能多说什么……他外祖父的过世才让一切发生了变化，当时，大家都这么说，很可惜大家就说了这么一句，尽管当时我没有吭声，也许我比那些人更具发言权。"

"你需要喝点什么吗？"我打断了他，问这个问题，是因为他的态度让我感到奇怪的兴奋，我觉得需要什么东西来稳定我的脉搏。突然间，梅克皮斯从那个"为维持生计而抓狂"的老仆人——如我堂兄昨天说的那样——变成了一个来自过去的声音。

"恕我冒昧，"他说，"今天是个伟大的日子，马丁先生。如果不是因为突然失去了一个年轻的生命，我就会——"

他没有把话说完，但我知道他想说什么。他想说他要把帽子抛到空中，跳起快步舞。

与此同时，我也明白了，为什么晚上我刚进公寓时，他说，希望由他来告诉我这个消息，我明白了门厅灯火通明的含义。对梅克皮斯来说，我的家庭事务是他生活不可缺失的一个部分，他见证了几代人的纷争。我能继承整个产业和财富对他来说，足以让他觉得这一天是一个大日子，是具有历史意义的一天，是尽情欢乐的一天，甚至是可以与他的主人一起痛饮庆贺的一天。

我走到餐具柜前，端来一个托盘。梅克皮斯本来想起身拿的，但我让他坐下。

尽管如此，他还是站了起来——手里拿着杯子。

"为了家族！"他说道，声音颤抖，"为了荣耀的回归，为了纷争的终结！"

我们碰了碰杯。

起初，我觉得有点尴尬，好像这是一个相当感伤的假象，我为自己被卷入其中而感到羞耻。但是，我的老仆人湿润的眼睛和颤抖的声音突然感动了我。喝完酒，我放下杯子，用双手紧紧握住他的手。

过了一会儿，当我们再次坐下时，我告诉他，就在今天，我与西尔维娅·弗农小姐非正式订婚了。他对西尔维娅·弗农小姐了如指掌，尽管他从未见过她——也就是说，他知道她的父母是谁，她的叔叔和阿姨是谁，她和其他贵族的亲疏关系，等等。

他的祝贺延续了好几分钟。

"斯特兰奇家族，"他总结道，"一定会恢复昔日的辉煌……您会有儿子的——但愿上天保佑您能有儿子！这样就不会缺少继承人了。既然您已经有了一个很好的开始——可以说是，正在建立一个新的家庭——也许您也能驱除幽灵。"

"驱除幽灵！"我附和着，突然又回到了刚才的事情上。

"嗯，好吧！"他说道，我觉得他的眼睛里闪烁着愉快的光芒，"有人说这儿有幽灵。但是，任何时期，几乎所有的家庭都有过某种幽灵，如果您相信您所听到的一切。斯特兰奇家族的麻烦已经够多的了，让人觉得在他们周围游荡的幽灵不止一个……但我说的是米克先生的外祖父——奥斯蒙德·加威爵士。"

我静下心来听，随着叙述的进行，我的兴趣越来越浓厚，因为我开始怀疑这些事实与我自己的经历有着非常直接的关系。

"当我还是个孩子的时候，"梅克皮斯继续说道，"我就为你们家服务。我说的是六十到六十五年前。您的祖父，亚伯拉罕·斯特兰奇，当时是一家之主。他还是个年轻人，和您现在差不多大——也许比您大一点——当然，他和他母亲一起住在汉普郡的波顿大厦。亚伯拉罕有个朋友，就是这个奥斯蒙德·加威爵士，是他在大学里结识的。不过，我实在弄不明白，他为什么要挑这么一个十足的坏蛋做朋友，因为您的祖父亚伯拉罕是我见过的最安静的人之一——他总是在读书、学习，做诸如此类的事。

"总之，年轻的奥斯蒙德爵士经常来波顿大厦。从各方面看，他俩似乎相处得非常好。但是，当那个女孩出现时，情况开始有些不同了。

"那个女孩名叫塞西莉亚，她是一个相当有野心的人。亚伯拉罕把她带来了——我不知道他在哪里遇见她的。但没过多久，她就成了家里的常客。当然，大家都认为她会成为波顿大厦的女主人，尽管她不是那种你希望亚伯拉罕会娶的人——就像你认为亚伯拉罕不会和奥斯蒙德爵士成为朋友一样，但就这样了。

"嗯，他最后没有娶她，而是奥斯蒙德爵士娶了她，正如你们可能说的那样，这更合乎情理。但整个事情伤害了亚伯拉罕，我知道的，这姑娘不但脾气暴躁，还非常狡猾，为了攀上高枝不择手段。

"奥斯蒙德爵士和他的夫人一如既往地经常来访。亚伯拉罕表现得对一切都非常满意，他没露一丝心迹。

"后来他结婚了——我是说亚伯拉罕。大家都认为他等到了，因为他挑选的姑娘正是你想象中适合他的姑娘——她也确实是这样做的，成了他的贤妻。

"与此同时，奥斯蒙德爵士和加威夫人相处得并不融洽。加威夫人生了一个女儿，而奥斯蒙德爵士却想要个儿子，他们为此吵了一架——好像这种事不是上帝安排的似的。但是，为了这事他们对彼此失去了耐心，当人们对彼此失去耐心时，就没有什么道理可讲。

"嗯，结果是，加威夫人有了这样一个想法，一年中大部分时间都住在国外，而奥斯蒙德爵士常常到波顿大厦度周末，就如塞西莉亚出现前的那些日子。

"但是，亚伯拉罕，尽管他有一个非常讨人喜欢的妻子，却常常把大部分时间都花在书房里。于是，奥斯蒙德爵士——那条在草丛中爬行的蛇——开始打起女主人的主意。然后，事情发生了。

"要不是一天晚饭后，有一个房客来拜访，我本来可能永远不会知道这件事——如果我不知道的话，我的生活也许会更幸福。这个房客有事要见主人，不肯延期。他叫马斯顿，他是你见过的最顽固的家伙，但这与此事无关，为了让那个人安静下来，我只好去通报主人。

"我找不到主人。但这个马斯顿说，在我找到主人之前，他是不会离开的。于是，我又回去了，在房子里所有的地方都寻找了一遍，他不在任何一个公共区域，也不在他自己的套间里。我向屋外走去，因为我记得，那是个晴朗的夜晚，我想主人可能正在院子里散步。

"果然，我在灌木丛那儿看见了他——那个地方是先生您、米克，还有红头发管家，过去常常打板球、吵架的地方，就在那里，在树下，我找到了他——他和奥斯蒙德爵士，我借着月光看到的。

"我沿着草坪一步一步地向前走，心里想着是否应该打扰他。当我走近时，我能听到他们俩在激烈地争吵。我停了下来，转身离开，心想如果马斯顿愿意的话，他可以在门口的台阶上等上一整晚。我可不想为了一个房客挨骂，不管他们的事情有多紧急。

"但我没有走远，我和其他人一样好奇别人的事情，一些不堪的言语传入我耳中。于是我停下脚步，蹑手蹑脚地往回走，走到果园墙边那丛杜鹃花的尽头。你知道我说的那个地方，当时的景象和现在一模一样。

　　"我听到奥斯蒙德爵士说：'哦，嗬！所以你认为我吻了她，是吗？也许她是那样跟你说的！你不想承认是她告诉你的吧？'

　　"亚伯拉罕沉默了一会儿。我看到奥斯蒙德爵士趾高气扬地走来走去，好像他说了什么把主人难住了，然后，他停下了脚步，靠在一棵树上，就像你喜欢的那样，漫不经心。而我，我自己，尽管我对事情一无所知，本应该走过去把他撞翻的。

　　"'所以，所以！'他说道，'你不能说这是她告诉你的，那意味着是另外一个人，亚伯拉罕，你不该听信谣言。'他说，'尤其是那些对你妻子不利的谣言。要我教你信任别人的规矩吗？'他冷笑着说，'如果我想吻你的妻子，你认为她不会跟你说吗？为什么仅仅因为一个谣言，要我离开这个迷人的地方？'

　　"我看到主人向着他曾经的朋友走近了一步，奥斯蒙德爵士迅速地挺直了身子——我觉得是这样。'没人告诉我。'主人叫道，'我亲眼看见的——就在这儿，在晚饭前。我知道我在说什么，'他说，'我告诉你，今晚就离开这儿。'

　　"'可你不该说这种话。'另一个说道，又开始趾高气扬地走来走去，'想想你的地位，人们会怎么说？'

　　"'我不在乎他们说什么。'主人说道。

"然后，奥斯蒙德爵士停下了脚步，笑了起来，我能感觉到的。

"'要我告诉你他们会怎么说吗？'他问，'他们会说那个叫斯特兰奇的小伙子为此伤心欲绝——他失去了第一个情人，现在又快失去第一个妻子了。'

"主人一听这话，就朝他猛扑过去，如果他的拳头落在了该落的地方，奥斯蒙德爵士那晚也不会有什么可说的了。可是，主人在这方面一点技巧也没有，他只会让自己失去平衡，四仰八叉地倒在地上。

"我正准备跑出去帮他，但奥斯蒙德爵士站在那里一动不动，看着主人爬起来，他转身朝房子走去，不一会儿，主人也跟着他，跑了几步又停了下来，好像不知道该怎么办似的。

"我再也听不见他们说什么了，他们俩穿过暖房走进了屋子。几分钟后，我走进客厅，通报说有个房客在门口等着，他们俩和其他客人在一起，装出若无其事的样子。

"那天晚上，奥斯蒙德·加威爵士死了。

"他的房间在西塔楼，书房的正上方——您可以估算一下，大概有六十英尺高。第二天早上，他们发现他躺在大餐厅外的砾石地上。直到今天，没有人知道发生了什么。

"当然，有很多故事在流传。有人说这是自杀，因为他的妻子太刻薄了；也有人说，他一定是在梦游，由于天气温和，他的窗户正好大开着，他是不小心爬出去的。后来，考虑到四人的关系，很多人都怀疑他和主人的妻子有染。

"不过我可以肯定，这事跟主人无关，就像我可以肯定天堂里有个上帝一样。因为我了解主人就如我了解自己，他是不会干这种事的。

"他对此感到非常难过。第二天，他在我面前崩溃了，哭得像个婴儿。'梅克皮斯，'他说，'我恨那个人。我，如果我早知道会发生这种事，也许我会对他更仁慈一些。'

"我记得他说的每一句话，也记得他哭的样子。我知道，无论怎样，主人都没有一丝邪念。但是，并不是所有认识他的人都像我一样清楚地了解他，他们只会说一大堆废话。

"我从来没有把我听到的事情告诉过任何人，但现在既然您是主人——"

梅克皮斯的话渐渐从我的意识中消失了。我能看到他还在说话，因为他的嘴唇在动，他的表情随着思想的波动而变化，但我不知道他在说什么。

然后，他的表情奇怪地凝固了，他目不转睛地看着我。

"怎么了，先生？"我听见他说，我看见他站起来向我走来。

"没什么！"我反驳道，同时跳了起来。

但几乎立刻，我又瘫倒在椅子上，我，是茫然地坐着，而梅克皮斯却为我感到慌乱。

我以前的恐惧与此相比真算不了什么。凭良心说，在我的内心深处，总有一种希望，想用纯粹的物质理论来解释那些神秘的死亡。我曾试图告诉自己，巧合可能在这些事件中发挥了很大的作用，克里斯托弗·奈特可能是被一个惊慌失措的窃贼误杀的，而我的堂兄可能突然精神失常，跳楼自杀了。尽管这些解释一点也不能使我满意——因为感情和理智都促使我去寻找比这些更深层次的解释——但这些解释是存在的，而且给了我某种希望，使我得以摆脱令人疯狂的恐怖。但是，梅克皮斯的故事彻底地摧毁了我原本的希望，希望对神秘事件有个普通解释，这样能带给我一些宽慰。在我身上起作用的神秘力量和摧毁我祖先亚伯拉罕·斯特兰奇敌人的力量是一致的——我不能怀疑这一点。

我把所发生的事告诉了梅克皮斯，他是所有人中最可靠的知己。我告诉他克里斯托弗的事，以及我是如何在极度嫉妒的情绪下渴望他死亡的那一刻，还有他是如何在当晚死亡的。我告诉他米克的事，告诉他米克是如何嘲笑我，威胁要偷走西尔维娅，以及他又是如何在当晚死去的。

梅克皮斯的脸色变得越来越白。说完，我双手捧着头坐着，试图去理解这一切的可怕程度。我在想，为什么我会在茫茫人海中被选中置身于一个黑暗神秘的世界。这时，梅克皮斯走过来，把手放在我的肩膀上，他的手指非常不安地紧紧抓着我。

"那是对的！"他说，一半是自言自语，"愿上帝怜悯我们！"

"对什么对？"我抬起头，问道。

"诅咒，幽灵，或是别的什么东西，在这个家族的历史上造成了这么多奇怪的事情。我过去以为那只是些古老的传说，可是……"

回想起那天晚上，我不知道自己是怎么鼓起勇气上床的。最终我还是去睡觉了。为了安抚自己的情绪，我让卧室的灯彻夜亮着。然而，即便如此，我那极其敏感的想象力也难以得到抚慰。我躺在床上好几个小时，一点睡意也没有，从木板的每一个轻微的吱吱声中，我都能感觉到某种潜伏着的、看不见的存在。

清晨的我精神倦怠。正是这样的早晨——白昼带来的舒缓假象，使我意识到，我永远无法摆脱这种萦绕心头的恐惧。六十年前，六个月前，两天前，这种力量就已经存在了；也许今天夜里，也许二十年以后，它又会卷土重来。

但我为什么要害怕呢？我在穿衣服的时候问自己。当早晨的阳光和人类活动的声音击退了夜晚的恐惧时，我几乎又恢复了正常的理智。无论如何，我想到了那些看不见的力量是对我有利的，这没什么好害怕的。

可怜的自欺欺人！一个幽灵能读到我的思想似乎没什么可害怕的！

一个嫌疑者

两三天后的一个早晨，我漫步穿过公园，朝萨默顿夫人的府邸走去。

我已经习惯了步行去任何我想去的地方。我心里的不安似乎通过运动而得到了缓解，只有让自己的身体疲惫不堪，才能保证我安睡一晚。甚至就在那几天里，我已经从这种不寻常的锻炼方式中受益了：我的思想不再那么病态，对生活中常见事物的恐惧感也在减少。

我想：对所有发生的事情，不要总是去追究其意义。健康的身体造就健康的思想，坚强意志的磨炼将会产生巨大的效果！我的恐惧源于我的思想，而我的思想受制于我的意志。我可以强迫自己抛开那些病态的想法。

就在这时，我遇到了教授。

他是特地来看望我的，他说。我告诉他，我感到很荣幸。他紧接着说：

"自从你堂兄过世后，我就没见过你，我想表达我的哀悼之情。家里有人正常死亡已经够难受的了，更何况还是个惨案，让人愈加悲痛。你对这个结果感到吃惊吗？"

教授的问题让我措手不及。事实上，我并没有去了解死因审理的结果，我的心思完全集中在那些远远超出法官职权范围的事情上，甚至没有考虑过审理。审理对我来说只是一件形式上的事，就像葬礼一样，它可能与死亡背后的真正原因没有关系。

"不。"我说道。我为自己的无知感到羞愧，并希望能掩饰过去，因为不明真相的人会认为我太冷酷无情，居然不买份报纸去了解发生了什么，事实是我已经好几天没看报纸了。"不过您真是太好了，教授，"我急忙接着说，"您能来看我，我非常感激。"

我知道他正用眼角的余光看着我，这让我很不舒服。我琢磨着，自己是不是把事情处理得非常愚笨，以至于让他怀疑我从来没有想过定案的事，但我认为那是不可能的。

然而，当我们沿着小路往公园巷走的时候——我们步履轻缓，因为教授已经过了他生命中最具活力的阶段——正如我料想的那样，他还在时不时地偷看我。

"最糟糕的是，"他说道，"就这种情况，并没有达到人们所希望的那样意见一致。当然，判决结果是显而易见的，意外之死，但是——"

听到判决如我所期望的那样时，我顿时松了一口气。现在，我可以更自在地和教授交谈了。

"但是，"他接着说，"从字里行间能看出，法庭上的人是心存疑虑的。当然，你亲临现场，你的意见比我更具说服力，因为我只是看了报纸上的那篇报道，你觉得事实会是怎样的？"

"我没在现场，"我说道，竭力装出一副坦诚的样子，虽然我意识到他又侧身偷偷地瞟了我一眼，"我无法面对这种煎熬。米克和我从小一起长大，正因为如此，在您看来，先生，也许我更应该在现场，但事实恰恰相反，我无法面对。"

我对自己能如此轻易地撒谎感到惊讶。这是小事一桩，我是否参与了死因审理根本与教授无关。我本可以毫无困难地告诉他，生活中，我对我堂兄并没有深厚的情谊，我也不会因为堂兄已经不在人世而假装多愁善感，但是我掩藏了自己，有些事迫使我想隐瞒真相。

教授似乎接受了我的理由。

"没错，没错！"他说，"我明白，这一切都令人非常痛心……我想知道你是否同意这个判决。"

"噢，是的！"我说道，"我看不出他们还能做出其他什么结论。"

我们默默地走了一会儿。

我在想：要不要说实话？为什么教授会想到今天早上来看我？他说他来看我是为了表达慰问，我不应该怀疑他的话，但我又感到奇怪，像他这样一个大忙人，竟然愿意从繁忙的大学工作中抽出时间来亲自拜访我，明明写封短信也能达到同样目的。我之前只见过教授大约三次，尽管他是个极善良的人，但我没有理由相信他对我有什么特别强烈的感情。我希望，我说的任何话不会给人留下错觉，觉得教授缺乏一颗善良的心——其实他非比寻常的善良，我想说的只是，我的情况似乎不值得被如此关注。

"正如我告诉你的，"他最后说道，"法庭似乎有些怀疑，他们做出了'意外致死'的判决，因为这是——最仁慈的判决。你很了解他，你知道在他的生活中有什么情况，可能会使人对判决产生疑点吗？"

"不知道。"我回答说，"说实在的，我并不是那么了解他，我已经有几年没见过他了，至少有两年，直到几天前他出现。"

"哦！"他说道，"我听说你们俩是相当亲密的朋友，虽然要仔细想的话，堂兄弟之间成为亲密的朋友并不常见。那你们不是敌人吧？"

"当然不是。"我急忙地、诚心诚意地向他保证。

这种盘问，即使是来自教授，也让我感到有点不愉快。我有一个可怕的秘密要保守——只有忠实的梅克皮斯知道——我决不能让任何人怀疑到我，更别提这个秘密与我堂兄的死因有关。因此，我急于向他保证，我和米克之间从来没有一点不愉快。

"通常，"他带着一丝微笑说道，"堂兄弟更会成为敌人而不是朋友，特别是两个一块长大的。据我所知，你们俩就是这样的。兄弟之间一定存在着某种忠诚的情感，对彼此，对自己的家族分支。朋友就是朋友，不管其他，他们不受家庭事务的影响。但是，堂兄弟之间的友谊总是会遇到阻碍，他们不像争吵中的朋友那样可以无视对方，他们彼此对自己家族分支的忠诚会导致争端，而非和平。"

教授身型高大，留着雪白的胡子，他的言谈举止是当时典型的教授风范。我漫步陪伴在他身旁，猜想着，他此次造访是不是只为了谈话，还是另有什么深意。

我再次向他保证，我和米克之间的关系是非常友好的。

不久之后，他要离开了。我们走到一个交叉路口，教授停了下来。

"请原谅，我现在要走了，"他说道，"半小时后我要做一个演讲。代我向西尔维娅问好，好吗？"

他没有同我握手，只是挥了挥手杖，脚步轻快地走了。

但他没走几步就折了回来。这时，我正朝着我的目的地走去，他却大声招呼我，让我停下来。

"你听说了吗？"他走近我说道，"你有没有听说，警察正在追捕一个与奈特被杀案有关的人？"

　　我盯着他看，他一定认为我理解力差，反应迟钝。但有那么一会儿，我完全无法回应，我几乎惊慌失措，我觉得自己置身于一个错综复杂的环境之中，在这里，事实与幻想、真相与误解是如此不可分割地混杂在一起，谁也说不清哪个是哪个——除了我和梅克皮斯，而我们也不敢说。警察正在追踪一个与谋杀青年奈特有关的人！他们正在追踪一个无辜的人——因为这件事是非人类操作的——这个无辜的人可能无法证明自己的清白。

　　我无意中动用的那股神秘力量，那悲惨的影响力岂不是没有尽头！

　　"哦？"我终于开口了，"他们认为能抓到他吗？"

　　"这我可说不准。"他说道。

　　我还没来得及问那个人是谁，为何警察会怀疑他，教授就向我做了最后的道别，然后离开了。

　　这时，我突然发觉，他竟然没有对这样一个事实进行评论——这个事实是如此显而易见，我想每个人都应该注意到的——那就是，同一个人的两个亲友，分别遭受了暴力致死，这是非比寻常的。

阿什顿先生

三个月过去了。三个月对于一个二十出头的男人来说很漫长。即使我被一个有意识的、阴暗的、必定险恶的存在所监视，三个月的时间都足以起到疗愈作用，抚平无法言喻的恐惧。我的时间、青春、健康和不再纠缠于病态事物的意愿使我逐渐恢复原本的轻松愉悦。

我有许多事要做。与遗产相关的法律事务占据了我很多时间。身为伦敦最富有的年轻单身汉之一，我的朋友比我想的要多得多。这些朋友们的人生要务似乎就是不让我缺席娱乐活动。连威瑟豪斯教授似乎也对我特别亲近，而我把这归为他天生的喜爱，因为我很难相信，是自己的财富在他选择我为密友中起了作用。

但是，我对教授还是产生了怀疑。

唯有西尔维娅始终如一。我继承了大笔财富，她却丝毫不为所动。或许这是因为在我堂兄去世时，她产生的怀疑将她推向了恐惧边缘。我不能确定，和她在一起时，我很谨慎，总对这个话题保持沉默。她认为自己的爱人注定要走向悲惨结局。我明白时间会治愈她这愚蠢的迷信。

我已放弃了布朗普顿路的小天地，暂且到格罗夫纳广场租了一套带家具的公寓。西尔维娅和我将在夏天结束前完婚，我打算重新开放波顿大厦——由于米克对这地方没兴趣，它已空关多年——并且住进一套联排别墅，总而言之，像一名绅士那样地生活着。

一个温暖的午后，我正在和西尔维娅商讨这些问题。我们坐在客厅敞开着的窗户旁，窗户外是我们珍贵的花圃，稍远处就是公园巷。我说它珍贵是因为公园巷的花圃确实很值钱，一个平方英尺就耗费数不清的英镑。

对我来说，这一刻几乎幸福到不可思议。讨论着未来的计划，包括西尔维娅和我即将结为夫妻，这是一个人的顶级幸福时刻，我沉浸其中，沉浸于期待的喜悦之中。

"你和萨默顿夫人尽快和我一起去，"我说道，"看看这个地方。你们可以挑选自己喜欢的房间。这听起来容易，做起来难，总有新的东西加进来，很难分辨哪间是最好的房间。而且四面八方的视野都一样好，所以很难选择。还有，我们要考虑装饰。你大概希望一些内饰更现代化点……哦，我们将会度过美好的时光！"

听了我的话，西尔维娅莞尔一笑，笑得不如我所期待的那样热情。我记得，当时的我在想，或许我高估了波顿大厦的价值。如果是这样的话，也情有可原，因为我最近才意识到，如果没有继承这些地产，如果我不得不以一千英镑的年薪维系生活的话，我的处境将会多令人担忧。也可能由于西尔维娅向来养尊处优，活得尊贵对她而言天经地义，即使身处英格兰最气派的豪宅之一，也不能激发她过多的热情。

"你认为我们有必要先过去吗？"她问道。

听她这么说，我的脸沉了下来。她又慌忙多说了几句，我觉得她口气里带着几分不安：

"我的意思是，你难道不觉得这些事留给你处理更好？我们完婚后再去，我会更开心，提前过去会少了点新鲜感。"

我感觉这一切都是她不愿去波顿大厦的借口，非常牵强的借口。

她的冷淡打击了我，她毫无说服力的借口也打击了我。此刻我真希望她能少些美貌，少些神秘的女人味，多些感性，更平易近人，这样她便能从简单的生活中获得更多乐趣。我望向她，她却迅速扭过头，将目光投向窗外金链花树上悬下的金花。我明白这是她疏离、神秘的魅力，从一开始就吸引了我。我不由自主地爱慕着她，不理解也不会试图理解背后的缘由。

我未曾问自己，她是否如我所相信的那样爱着我。

"还有，我无论如何，"她从对金链花花穗的沉思中回过神，未与我对视，只是盯着我的领带继续说道，"不想破坏这古老建筑的装饰。波顿大厦的魅力正是在于它代代相传，不曾改变。你不觉得吗？"

我附和着她这无足轻重的观点。我本应该诚实地表态，这里彻底重建的话，我会很高兴。

如果她能表现出一丝虚荣心，我倒颇感庆幸，而她竟如此平静地接受了我的提议，真叫我失望。

这时，我想起了她唯一两次真正热情的时刻：一次是在克里斯托弗·奈特走进房间的时候，也就是我被介绍给她认识的那晚；还有一次便是她在公园里遇见米克和我，并带我们去吃午饭的时候。

这两个人——克里斯托弗和我堂兄——似乎有一种力量，能唤醒隐藏在她神秘矜持背后的少女气质，而我没能唤醒过这种气质。

但是，我不想去分析这个问题。我太爱慕她了，没有心思去过问她的心情。她将成为我的妻子，这对我来说已经足够了。

正在这时，萨默顿夫人走进屋里，她环顾四周，望见我们在这，便朝我们走了过来，她一如既往的容光焕发。

她告诉我们，在楼下的小客厅里，茶点已准备好了。她一边说，一边拉着我的胳膊。

西尔维娅先于我们走出房间下楼。在楼梯拐弯处，我瞥见萨默顿夫人的表情。就在一瞬间，她的兴奋消失了，脸上是半疑半怒的神情，看着正在下楼的西尔维娅。顷刻，她又转向我继续唠叨着什么。我忘了她在说什么了。瞧见萨默顿夫人那不屑的一瞥，我对女神的忠诚感忽然涌起。

萨默顿夫人依旧挽着我的胳膊，我几乎希望她能开诚布公地规劝西尔维娅，说她的外甥女缺乏活力。我认为这就是她在楼梯拐弯处不屑一瞥的原因。那样我就有机会为西尔维娅辩护说，有些品质比活泼欢快更令人向往。

当然，这样的机会没有降临，即使有这样的机会，我也不会利用它。

教授已在小客厅里，同我素未谋面的人窃窃私语。我们走进去时，他们分开了一些。我注意到，此陌生人是名体格健壮的中年男子，应该属于某种专业人士。

教授给我介绍，这名陌生人是阿什顿先生，未透露更多细节。在喝茶的时候，他依然被称呼为阿什顿先生。至于特别的阿什顿先生究竟是什么人，从事何种职业，他为何会出现在小客厅里，没有任何线索。

阿什顿本人很少说话。我都怀疑，他在我们喝茶的那段时间里是否有说满三个字。这点特别引起我注意，因为在萨默顿夫人家里能见到的都是有头有脸的人，初来乍到的人总会被鼓励发言。而我可以说，他们中的大多数都不需要鼓励。

喝完茶后，教授把我叫到一边。

"前几天你跟我说，"教授说道，"你得尽快找一名男秘书。如你所说，钱让你的生活变得很复杂，我想找个秘书相当有必要。对我们大多数人来说，有秘书很奢侈，这不是重点……我想问你的是，你否愿意接受阿什顿？我与他有多年的交情。我了解，他生活不怎么好，我想……"

怪不得不擅交际的阿什顿先生会出现！在我看来，把一个未来的雇员介绍给一个未来的雇主是相当不寻常的，但这方法很巧妙，这样一来我就不可能当面拒绝接受阿什顿先生。

我的确接受了他。我接受了他，没有询问任何关于他能力的细节。教授的推荐足以解答所有疑问。

后来，我和阿什顿先生本人进行了一次安静、正式的谈话。

我期望他是一位有教养的男士，这是理所应当的。他没有辜负我的期望。说他的生活不好，在这语境下，教授想要表达的是，阿什顿找不到工作。这点似乎很奇怪，因为阿什顿看着十分冷静而自信，他的意志不会被一系列的失败摧毁。沉默寡言的他拥有极强的个性。虽然他几乎每说一句话都尊称我为"先生"，但我认为他在各方面都凌驾于我，而且，他自己也深谙此事。

简言之，他使我觉得自己仿佛像个暴发户，使我为自己的出身而羞愧。我的出身让我恰巧扮演了主人的角色，而他却只能是个仆人。

如果我有选择的自由，我会选一个更年轻的人做我的秘书。那样我便可以对他发号施令，而不像在乞求帮助。但教授的到来让我有些措手不及，我并非有意这么想，我能做的只有让阿什顿先生为我服务，当然，我希望有朝一日能获得居高临下的尊严。

一切结束后，教授和阿什顿先生一同离开了。他们离开不到五分钟，萨默顿夫人开始向我讲述她前一天参加的社交活动，这引起了我的兴趣。这时，一名女仆进来通报，威瑟豪斯先生来了。

来者是教授的儿子西德尼，这是我几个月来第一次见到他。

他一点没变，在门口站了一会儿，温和有礼地微笑着，然后走到萨默顿夫人面前正式问候，并向西尔维娅和我鞠躬致意，之后他解释说正在寻找他的父亲。

"他刚离开，"萨默顿夫人说道，"还不到五分钟，或许你能追上他。"

在我看来，萨默顿夫人会这么说实在是太奇怪了，因为她稍微思考一下便能意识到，教授无论往哪个方向走五分钟，都能走半英里路。更何况教授非常喜欢叫出租车，这会儿他可能正坐在出租车里，疾驰而去。萨默顿夫人的建议毫无可取之处。

"哦，没关系！"年轻的威瑟豪斯说，"他应该会去俱乐部。我会跟过去，没什么大不了的。"

在我看来，自从年轻的威瑟豪斯进来以后，萨默顿夫人的活力似乎跟着减弱了。和我在一起的时候，她一直非常愉快。作为四十多岁的女性，她身材苗条、充满活力。当然，她皮肤黝黑，皮肤白皙的四十多岁女性往往更丰腴。夫人的生活十分轻松，这无疑体现了她的魅力所在，也说明她几乎总是幸福的。正因为如此，我注意到她对年轻的西德尼·威瑟豪斯的态度大不如前。

茶具还在眼前，她问年轻人是否喝过茶。年轻人回答说，他喝过，尽管我怀疑他说的不是真话。

我们四个人又漫无目的地闲聊了大约十分钟后，小威瑟豪斯便离开了。

就在那十分钟的时间里，我通过简单的观察得知，那名年轻人对西尔维娅的崇拜始终存在，上次见到他时我就深信这点。在交谈的停顿间隙，那名年轻人的目光被西尔维娅吸引住了，没有人会否认这点。我打心底为他感到遗憾，但出于人性，我一想到别的男人崇拜我未来的妻子便有一丝得意。

不知道萨默顿夫人是否也注意到年轻的威瑟豪斯依旧爱慕着西尔维娅？我想是的，因为任何有观察力的人都会注意到这点，而且在威瑟豪斯到来时，她的态度也发生了变化。

她似乎一直与他保持了一臂的距离。尽管西尔维娅很快就要嫁给我，尽管年轻的威瑟豪斯在这几个月来并未采取任何行动来争取西尔维娅，但是，我认为萨默顿夫人的态度有点极端。

到后来我才明白，夫人在任何情况下都不会无端采取极端态度。

与此同时，只剩下我们三个人一边喝茶一边聊天，至少是我和萨默顿夫人在聊天。当西德尼·威瑟豪斯离开房间的时候，西尔维娅并未坐回到椅子上，而是在四处走动，检查着装饰品，似乎是在听我们聊天。

我碰巧抬头，看见西尔维娅向一扇窗户走去，从那里可以俯瞰盛开着金链花的珍贵花圃。

她一手拉着窗帘站着，一阵忧愁扑面而来，这是她一直以来拥有的神秘感的象征——那是我从未理解的疏离感、令人发狂的女人味。而事实上，最近她已经变得越来越疏离、越来越令人发狂。

随后，她突然动了一下，另一只空的手半举起来。

我尽可能随意地站起身向她走去，同时与萨默顿夫人交谈着。我一走近她，她便转过身想把我赶回她姨妈坐的位置。我不甘被这样打发。

我微笑着挽起她的胳膊往外走，直到黑白相间的马赛克小道，这条小道直通外面大街的人行道。

在人行道上，我从大门转过身便看见了年轻的威瑟豪斯。

"一路顺风！"我喊道，心中别无他意。那时，我怎能想象几周后要和我结婚的西尔维娅，竟会对那个内向男孩有哪怕一丝情意？

我看到她对年轻的威瑟豪斯打了个手势，为此她是否感到不安，我并没注意到，我们朝屋子中央走去。

"他们强塞了一个秘书给我。"在我离开前，我们站在一起时，我告诉了她们。

"强塞给你？"萨默顿夫人笑着说道。

"正是强塞给我的，"我不满地说道，"人应该能自由选择私人秘书，选择秘书应该同选择妻子一样谨慎。但是……"

"你可以随时罢免秘书。"西尔维娅说道。

"就像最近人们离开妻子一样容易。"萨默顿夫人插话道，"你继续说，刚才你提到——"

"我刚才说的是，教授强迫我接受阿什顿先生，或者说把阿什顿先生介绍给我，无论哪一种说法，这是在剥夺我的权利。"

"阿什顿先生！"两位女士异口同声地感叹。

"我不知道教授今天下午为什么把阿什顿先生带来这里。"萨默顿夫人补充道。

"我一直在思考，"西尔维娅说道，"我以前在哪里见过阿什顿先生。

97

我可以肯定我见过他，但我也可以肯定我不认识任何叫阿什顿的人。"

西尔维娅略显困惑的姿态使她的神色生动了起来，在这个下午大部分时间里，她很少有这般生动。

"西尔维娅，听你这么一说，"夫人皱着眉头说道，"我也觉得这个人有点眼熟……阿什顿吗？阿什顿？"

无论是眉头紧蹙还是重复念这名字，都未能给这位新秘书带来任何明确的信息。我马上就要离开，承诺我会将阿什顿先生的表现反馈给她们。

那件事

在这段时间里，我的恐惧感逐渐消散。想到那两人的死亡，我也丝毫不感到害怕。即使是梅克皮斯讲的故事，现在听来也相当精彩。自从我们搬到格罗夫纳广场后，梅克皮斯顺利地重获骄傲与幸福。我认识到，通过回忆是不可能强烈体会到任何情感的，无论回忆是长是短，是愉快还是痛苦。

不管是对我，还是对他人来说，所有可怕的事情都已成为过往。警方显然已经放弃搜寻谋杀克里斯托弗·奈特的凶手。教授几个月前提到的犯罪嫌疑人，再也没有任何关于他的消息了。

但是，我很快就明白了，我周围仍有些奇怪的事情发生。

阿什顿先生已经开始担任我的秘书。当然，他住在公寓里。从某种程度而言，相当多的人都住在公寓里。我让梅克皮斯自由安排我的生活内务，他以一种真正的皇家风范行使了这一权利。经过长期的精致生活后，我感到，一个年轻人并不需要很多侍从来料理生活。但梅克皮斯是个例外，我不敢不认同他的意见。我无法忘记在布朗普顿路的日子里，他为我省下电费账单上的几个铜板所付出的努力。时至今日，我仍无法否定他的荣耀，他是位出色的管家。这份荣耀是他的，不是我的。在这些事上，我吸取了西尔维娅那超然的可贵精神，即使我雇了多于所需的两倍数量的仆人，也并不能激起我过多的热情。

我们家里总共有八到十个人，只有阿什顿先生一人和我共餐。虽然我还没有足够的威严给他下指令，但他的工作并未受到影响。我一直担心自己是否有能力像主人教导仆人那样教导他，但当我开始实践时，我发现根本没有教导他的必要。我从来没有用过秘书，对当下的我而言，他是一名完美的秘书。未回的信件原本摇摇欲坠地堆在办公桌上，令人生畏，但在几天里它们就全都消失了。我没有过问它们去哪里了，因为大部分信件只需要由其他秘书签署——各种各样、各种目的的协会秘书——我认为阿什顿先生应该是根据不同信件特点，用自己的方式处理了那些信件，而他从未让我签署过一张支票。

有一天晚上，我很晚回家。我和俱乐部的一些朋友去了剧院，看完戏后我们又去了俱乐部。一段时间里我一直失眠，养成了晚睡的习惯，因为我有一个错误的观念，那便是，把自己累坏就能睡得更好。

在这个特别的夜晚，为了让自己更疲惫，我从蓓尔美尔街的东端步行回来，到达格罗夫纳广场时已是凌晨两点。

我踏上我住的那个街区的台阶，梅克皮斯和他的随从也住在这里。尽管已经很晚了，我想，但还有人比我更晚，因为当我环顾那个庄严而阴森的广场时，我看见一个人从我来时的那条路过来。

起先，我并没有注意他，在摇曳的灯光下，我远远地看到他身着深灰色的衣服。

我踏入公寓大楼的大门时，试图再次寻找他，他却早已不见踪影。

我告诉过梅克皮斯不要在十一点以后等我。起初他坚决反对，他对我有些专横，不允许在我们进行一番辩论之前，就剥夺他的分毫职责。而我却让他在这件事上服从我，我告诉他，如果我过了十一点才到家，我就必须忍受无人服侍的不适，自己独自脱衣就寝。这话语中的微妙之处梅克皮斯并没有察觉到，但我还是赢了。

就在这个特别的夜晚，或者说凌晨，我悄无声息地打开公寓的门，迅速走进昏暗的大厅。

在我打开门的时候，我听到附近有声音，有一股运动着的气息，我不知这声音源于何方。我也意识到有人在我身边，但我什么也看不见，因为周围只有一片黑暗。第一个声音之后，我什么也听不见了。但是，空气中有种说不清的东西在告诉我，我并不孤单。

几秒钟后，我来到开关旁，打开它，照亮了这整个地方。

在远处的墙边，梅克皮斯站在那里，他被这突如其来的亮光照得直眨眼，脸色灰白。我不确定这是不是我的错觉，才让我觉得他面色惨淡，因为从黑暗到光明，转换得太过于迅速；我也不确定，是不是这突然的亮光让他畏畏缩缩。

"嘿！"我缓过神来问道，"怎么了？出什么事了？你站在那里干什么？"

黑暗的大厅和他站在大厅中的样子都让我感到吃惊。否则，我只会问他："你为什么不睡？"

随后他走上前来，脸色依旧苍白，我敢肯定这不是亮光的缘故。

"我——我觉得我听到了什么，先生。"他说道。

"在哪里？"我问道。我的语气有点不耐烦，那一刻我不确定自己能不能相信梅克皮斯的话。说话前，他大多数情况下会深思熟虑，他此时此刻的犹豫没有逃过我的眼睛。

"在您的卧室里，先生。"

"你听到什么了？"

梅克皮斯再度犹豫了。

"我也说不上来，先生。可能是有人在搬椅子，也可能是通向书房的门被关上了。"

"你去看了吗？"我问他，一边说一边朝我卧室的门走去。

"没有，"他说道，"我在这儿等着呢。我不确定是不是您进来了。"

我握着卧室的门把手，站在那里听着。然后我迅速推开门，打开灯。

卧室依旧整洁安静。

我走进去，站在与书房相通的门口侧耳听着。我把门打开，让卧室的光线照进小书房。书房空荡荡，同卧室一样整洁。

"你一定是在做梦。"我说道。

"不，"开始，他以非常肯定的口气回答，而后转了一半身子说，"好吧，或许我是在做梦。"

"也许是你的仆人干的。"我总是称那些人为他的仆人，但他并不欣赏我的幽默。

"不会的，"他说道，"他们都在那扇门的另一边。"他说的是大厅后面的一扇绿门。"没有我的允许，他们谁也不敢进来。晚上九点以后，除了先生您、我和阿什顿先生，没有人会到那扇门的这边。"

"阿什顿先生上床了吗？"

"是的，先生。"

阿什顿先生有幸在"那"扇门的这边，拥有一间自己的卧室。

"那你应该是在做梦了，梅克皮斯。"我总结道，"你最好回去睡觉。即使在夏天，夜晚的空气也对身体不好。"

他正要转身走到大厅时，我把他叫了回来。

"你怎么穿得这么整齐？"我问道。他衣着整齐，和我晚饭后离开公寓时看到的一模一样，连细节都没有任何变化。"你之前还没睡吗？"

"不，先生。我——我还不想睡，先生。"

"这太反常了！"我惊叹道，"你早上七点之前就起床了，忙碌了一整天，到半夜十一点，你一定累得要命。不想睡？我不相信。"

我一边说着，一边走到他身后关上了门。

"你现在告诉我，这是什么意思！"我强硬地要求他。

我的态度让他大吃一惊。我很庆幸自己突然摆出了这种态度。我的这位老仆人，行为上有许多疑点有待解释。若是我错怪了他，我肯定会为不相信他失眠的借口而感到抱歉，因为我的不信任会让他深陷痛苦。但我马上意识到，我的怀疑没错。

"是什么？"我问道，"你最好告诉我。你可别指望我会相信你，穿戴这么整齐一直在等着，是为了碰巧能听到什么声响。"

"好吧，马丁先生，"他本能地叫了这个名字，认识这么多年以来，他都这么叫我，我有预感接下来我会知道一些关键的事。"我在这里等着，正是为了能碰巧听到一些动静。您让我别指望您能相信我，但我

104

希望您相信我，马丁先生。"

我转换了态度，饶有兴趣地看着他。

"但我不明白，"我说道，"是什么让你觉得，你可能会听到什么动静？把一切都解释清楚，梅克皮斯，我完全不懂你的意思。"

虽然我说我不明白他的意思，这是事实，但我几乎可以肯定，他的行为与他和我之间的秘密有关——几个月前他向我透露过的那个可怕的家族秘密。

从那以后，我们再也没有提起过这件事，毫无必要提起它。对我来说，我希望这件事从此消失，悄声无息地石沉大海。梅克皮斯肯定也有同样的想法，毫无疑问，他也希望这件事可以再尘封十来年。

"我对您撒谎了，马丁先生。"他说道，"今晚我什么也没听到，但我昨晚听到了一些声音。"

"在哪里？在这个房间里吗？"我问道，"你听到什么了？"

我看得出来，梅克皮斯遇到了真正的麻烦。他不想说话，但这只会让我更想知道他在等待什么。

"你一定要告诉我，梅克皮斯，"我说道，"你现在告诉我也好，以后告诉我也好，你必须告诉我。"

"好吧，我会的，"他说道，仿佛在表明他没有任何责任，"我不仅是听到了，马丁先生，这么说够奇怪的，但我其实看到了……您昨晚睡得好吗，先生？"

"是的。"我告诉他，"很奇怪，我昨晚睡得很好。最近我明明一直都睡不好。接下去发生了什么？"

"那时，我正等着您回来，我已经上床了，尽管我知道我不应该在您回来之前就睡觉。之后，我听见门开了，我听见您进了自己的房间，我还能听到您走动的声音。过了一会儿，一切安静了下来，但我睡不着了。"

"然后，我听到有人在说话。我本以为是您，马丁先生，但当我仔细听的时候，我发觉那不是您，那不是说话声，那是唱歌的声音，至少是介于唱歌与说话之间的声音，它是从这个房间发出的。为了印证我的想法，我起身把自己的房门开得更大一些。声音是从这个屋子里发出来的，这是我听到过最可怕、最悲哀的声音，我说的都是真的，先生。又是在这寂静的深夜里，这着实吓到我了，真的。我想起了米克先生去世后的那个晚上，您跟我所说的话，您知道我的意思的，马丁先生。我想就是这么回事了。我站在那里听着，想要做些什么，但仿佛动不了，因为那声音仍在继续着。这地方如此安静，如此黑暗，除了奇怪的歌声，什么也没有，我的头发都竖起来了。我可能会站在那里一整夜，时间一分钟一分钟地过去，我越来越害怕，但我想，那声音或许是您发出来的，或许是您病了。于是，我伸出手打开灯，走到您的门口呼唤您。声音立刻停止了，我想我听到有人在走动。但您没有应声，我觉得这实在是太奇怪了。如果您没事，您至少会说没事。那时候我简直是昏了头，如果是您的话，必能猜出我那时候在想什么，我把门开得大大的。我看见了什么，但我怎么也说不出来那是什么。有什么东西消失在书房里，可能是个男人，也可能是别的什么。我不知道。它就这样消失了，弹指一挥间。当我打开门，屋里半明半暗……"

"你为什么不叫醒我？"我问道。我的声音在自己的耳朵里听起来又粗哑又奇怪。我紧紧盯着这位老仆人的脸，在他叙述的过程中，他的脸色一直是灰白的。

我感觉血已渗出了我的脸颊，身体被不安萦绕，好似有什么邪恶的东西在背后瞪着我一样。我想象自己躺在床上睡着了，只有老天爷才明白我的周围发生了何等怪事，而我自己丝毫察觉不到潜伏的危机。

"我确实想叫醒您，先生，"梅克皮斯回答道，"但我不能。一开始我以为，嗯，我不知道我会发现什么。而您那时看上去一切安好。我碰了碰您，摇了一下，您说了些梦话。我知道您没事，但我没能叫醒您。"

"真奇怪，"我说道，"最近我明明一直睡得不好。你有没有去……"

"我有没有去书房吗？"梅克皮斯猜到了我的问题，"我没有，先生。无论是今天还是今世，我都不会……"

"我想肯定也是那样。"我说道。

我问出这样的问题，也实在太欠考虑。

"伴着那低吟与歌声，"梅克皮斯继续说道，"我一开门，有东西晃了一下。而您，先生，躺在那里，似睡非睡，似死非死，您可能会说……"

"我明白了。"

"遭受过惊吓的我是不会走进那个房间的。"

他说话时，我瞥了一眼书房。小房间静得出奇，光线从对门射入，照在地毯中央的书桌上，让它显得格外耀眼。其余的地方处在半暗的光线中，或笼罩在阴影下，忽明忽暗。书架、门廊、地毯边缘光滑的地板都被环绕在无比漆黑的阴影之中，神秘莫辨。

"然后呢？那个声音在说什么？你听得出来吗？"

"不，我不能。这声音似乎在说些什么，又好像是在唱着歌，我一点也听不出……然后我打开您床头的灯，在您旁边坐下来，对着书房的门。我能做的只有这些了。那光是多么瘆人！它一直照在您的床上和您的身上！但您想啊，我哪还可能站起来，走到门口把那盏大灯打开？绝不可能！也不可能悄声走过去关上书房的门！所以，我就坐在那里，等待着什么发生，但什么都没发生。您又睡了，天又亮了。而我这一整天都毛骨悚然。"

梅克皮斯那张苍老的脸在这一刻满是恐惧。我们任由这家族代代相传的神秘事件折磨，此刻的他与我，仿佛都是孤独的。最近，我试图通过纯粹的意志力来消除这种恐惧，但现在看来还是无用功。即使能成功地让我暂时性遗忘，也于事无补。或许，在我日后的人生中，不再会有幽灵显现，但我总怀揣着一种期待，这种期待夹杂着恐惧。因为现在只有我，而不是其他什么人，成了幽灵附体的对象。

"梅克皮斯，"我拉着他的手说，"你是我最好的朋友。"

我的恐惧使我差点忽略这位老人为了我度过了惊悚的一夜。他坐在那里，一小时又一小时，眼神不曾离开书房门口阴暗的过道。

"如果不是你，"我继续说道，"我现在不可能还活着。"我想了一下，但我最后没说出下一句话："那样或许也挺好。"

"你今早没有告诉我，"我继续说，"你为什么不告诉我呢？"

"我不知道，马丁先生，"他说道，"我不知道该怎么办。我不想告诉您的。我想，至少可以等一两天，看看还会发生什么事。"

"你是准备每晚都守着吗？"

"是的。您看，没有再发生什么事了。我本来想，也许没必要去吓唬您了。可是……"

紧接着是一阵沉默。

"如果我能提个建议的话，"梅克皮斯犹豫地说道，"我想我还是睡在这个房间里比较好，明天可以把床搬进来，我意思是……"

我欣然同意，我也正有此意，但一直不敢提出。而我们必须采取一些措施。我本该害怕到晚上不敢闭眼，但那样根本不可能。

"你觉得阿什顿先生怎么样？"我问道，"那样会太难为你的，我意思是，每夜都要神经紧绷。这样熬对我来说都已经够糟了，但我还年轻。"

我这样说着，好像并不惧怕一个个夜晚的到来，尤其是那个未知的致命的夜晚。

"这事我们得保密，马丁先生。"他说道，"如果谣言四起，不知道人们会怎么想。两起死亡事件还没有得到正当解释，不知会怎样。"

"是的，"我同意道，"我们必须保守秘密。"

我意识到，法律没有考虑到幽灵的存在。那些坚信幽灵杀人的人可能会受到法律的怀疑。

偷　听

　　天快亮了，我和梅克皮斯还有很多话没说完，就分开了——我去洗澡，他去厨房准备茶点。

　　灰蒙蒙的清晨几乎和漆黑的夜晚一样可怕。大概是因为与迷信扯上关系，我现在并不害怕受到攻击。我强烈地感受到生理上的不安，这不安使我开始关注阴影，让我忍不住想回头看。

　　我无法根据任何规则判断这些超自然现象的动机，也无法判断这些现象的程度。直到最近的一次显灵，才发现一种恒定特征，这为解释其成因多少提供了科学依据：这些现象通常发生在我的家庭成员有了强烈的嫉妒感之后，而受害者就是他或她嫉妒的对象。

但现在，那股力量——不管是什么力量——显然是在针对我。以前，这股力量是为我发动的。斯特兰奇家族现在没有人能发动这股力量了——假设动用这股力量需要依靠一个斯特兰奇家族成员的冲动愿望的话。

那恒定的特征被打乱了，没人能判断接下来会发生什么，我在洗冷水澡的时候突然想，除非，那个幽灵现在正打算毁灭我，而我是这个家族的最后一员。

没有任何推理是绝对正确的。现在，我不知怎样安慰自己。我只能等待隐藏着秘密的帷幕再次拉开。

我在卧室里与梅克皮斯碰头。他刚端着早茶进来了，托盘上有两杯茶和两个盘子，盘子里摆着饼干。我以前认为梅克皮斯太过于严格，现在，他恪尽职守的意识也在这几天被消磨殆尽。

我们一边喝着茶，一边计划着他何时能搬进我的房间。没有人知道，或者需要知道家里的安排和变化。梅克皮斯十分珍惜他的地位，他决不允许其他任何仆人来照顾我。

关于家庭变化安排背后所隐藏着的巨大秘密，我们并未多做讨论，这事不宜讨论。

那天，我去公园巷吃午饭。尽管我的房子弥漫着诅咒，它们随时可能摧毁我，但我仍然满怀热情地前往公园巷，就如最正常的人一样，我的期望，我与西尔维娅一起幸福生活的期望，是如此的明确。我能轻易摆脱对夜晚的恐惧，或许是多亏了公园里耀眼的阳光和熙熙攘攘的人群，但我觉得西尔维娅的作用更大。我必须不惜一切代价，不让西尔维娅察觉到我的心事。何必要把恐惧带入白天呢？它们只属于黑夜。在白天，它们仅仅存在于回忆中。我沿公园巷走着，公共汽车从我的左侧呼啸而过，透过右手边竖起的公园栏杆，我看见成百上千的人在忙碌，寻找着生活的乐趣。我就想："我现在不害怕了，我感觉不到有任何邪恶的东西从我身后逼近。就算有，也没关系。因为只要有那些人在，它伤害不了我的身体。它不能利用恐惧来伤害我——我听说超自然的东西都是这样的。只要是在大白天，有那么多人陪伴，我就不害怕。"

伴着这些想法，我沿公园巷走着。巷子的一边是快速驶过的车流；另一边，阳光照耀下的公园充满了节日气氛，点亮我的心。我感觉自己已经积极地、奇迹般地征服了来自另一个世界的恐怖。根据以往经验，我当然明白，晚上的我是另外一种生物。若我想要获得幸福的机会，就不该回想那天夜晚。

我比约定的时间到得早。事实是，我懒得去注意确切的时间。约定的午餐时间是在一点钟。我现在是这所房子的常客，因此我可以比约定时间提前一小时进入，不会引起任何人的怀疑。家里的仆人，即使是我经常在大厅里看到的那个可疑的家伙，也尊重我，允许我不参与那些保持家族圣洁的繁文缛节。我可以自由出入这里，仿佛这地盘属于我一样。

我穿过公园巷，走上黑白马赛克小道，踏上台阶，来到前门。前门敞开着，热流一拥而入。我走入大厅时略做停留，感受着门内的清凉，把帽子和手套摆在橡木箱子上，在昏暗的房间内轻松漫步。我听见有人讲话，顺着讲话声，走到了后面的小房间——就是在这个镶有嵌板的小房间，我向西尔维娅表达了爱意。

听到这些声音时我感到很难过。大厅里的钟提醒了我，我还有半小时的空闲，我应该与西尔维娅单独相处半小时。我和她独处的时间每次都不过几分钟，我们已经好几个星期没有倾心交谈了。我试图回忆最近一次促膝长谈的情景，可怎么也想不起来。

我正站在大厅后侧不知所措时，这种想法使我意识到，我从来没有体会过西尔维娅的极度温柔。我经历的最强烈的情感场景要数那次在公园，克里斯托弗·奈特死后的上午，以及我堂兄去世的那个夜晚。尽管这些场景具有强烈的戏剧性，我却并没有被西尔维娅温柔以待。

现在，我感觉到，我传达爱意的过程中所缺少的正是相互间的温柔。我们的求爱过程颇为戏剧性。在西尔维娅最脆弱的时候，我碰巧在她身边。当时的她特别容易被我这位新朋友感动。我利用了这种情况，才使得西尔维娅接受了我的爱，而我也满足于她的接受。我为能拥有如此多的美好而满足。然而，我错过了愚蠢却又令人愉悦的"背后环抱"，它似乎是求爱的经典桥段。

"也许，"我自言自语道，同时向着那间镶着嵌板的小房间走了一步，"也许她还在为那两个人死得如此巧合而担心，这于她而言很诡异，她有理由认为她需要为这些事负责。女人很迷信，我相信。"

得知米克死讯的那晚，她歇斯底里地爆发后，我们就再也没有提起过这件事。也许这一切依旧在她的脑海中，或者说，她已经把她所有的爱都给了小克里斯托弗，无法再拥有这种强烈的情感。最近，我感觉她很沉默。这些问题一直萦绕在我的脑海里。

小房间的门半开着，我仔细听着是否有西尔维娅的声音，我盘算，如果听不到她的声音，就跑到别的地方去找她。

我听见有人在窃窃私语，声音很模糊，只有走到离门几步远的地方，才能听清是谁在说话。

其中一个声音是教授的。我现在在走廊里，几乎正对着那扇半开的门，这时说话声突然变得清晰起来。

"很好，"教授说道，"我不确定是否能说服你。如果你不相信（我能想象到他耸了耸肩），你就必须承担后果。""可是，"传来了萨默顿夫人的回答，语气中有一丝傲慢，"你并没有试图说服我什么。如果你能告诉我你在想什么，或许就能说服我。你只是简单地让我相信你——对西尔维娅来说意义重大，对我来说……"

萨默顿夫人没有把话说完，未说完的话显得格外有深意。我想象到，她转身离开教授，以她独有的方式，让她的话深入人心。

而我——自认为偷听是很惹人厌的行为——却站在那里听着。是的，我屏住呼吸，毫不羞愧地偷听着。听到西尔维娅的名字，还有他们明显的敌对语气，我不禁驻足原地。若他们讨论的事情对西尔维娅很重要——我猜西尔维娅她本人不在场——那很可能和我有关，也许不是。但很有可能就是这样的，因为此时，西尔维娅最重要的事就是即将和我结婚。不管怎样，我听着他们谈话。

"可是，我已经解释过了，"教授接着说道，"我不敢直截了当地说出我的想法。整件事都非常微妙，我不敢把我的恐惧用直白的语言表达出来。我们的信息从一开始就不完整，我们对这件事知道得太少，没办法明确表达怀疑。我只是想——"

"西德尼爱上她了。"萨默顿夫人插话道。教授试图解释自己隐瞒信息的原因，而夫人没有理会他。

我本能地后退了半步，祈祷着不要有人从走廊过来，打扰我偷听。

"听我说，"他带着伤心的口气说道，"请你至少相信我本意是无私的！我也认为西德尼很喜欢她。几个月前，我就感觉到她并不完全排斥西德尼。但请别把西德尼牵扯进来，他的事与我对你说的没有直接关系。他的失望和我在想的事比起来算不了什么。"

"那么，你在想什么呢？"她追问道，"哪怕只是给我一个暗示，告诉我你想干什么……"

"哦，天哪！哦，天哪！"教授喊道。我听见了他的脚步声，知道他在地板上来回踱步，很不耐烦，因为萨默顿夫人没有办法也不愿理解他的意思。

至于我，一时无法动弹。如果这时门被打开，他们突然从房间里走出来，就会逮我个现行，发现我在偷听。我会手足无措，不能假装自己正要准备敲门。我脑海里得出了一个结论，那便是教授发现了我的秘密，这很自然。我的秘密只有梅克皮斯一个人知道，这秘密是我小心守护着的私藏。如果别人知道超自然的力量在对我图谋不测——通俗来讲，我被鬼附身了——那么我的好日子就要到头了。人们会避开我，我会显得异类。正常的、欢乐的、无辜的人是不会和我这样的人来往的。也许在某种情况下，我能赶走幽灵，这样我就能幸福地生活了。但在那之前，我必须竭尽全力保守我的秘密。

听了教授的话后，我是多么害怕最糟糕的事会发生！

"不用说，"萨默顿夫人说道，"尽管我是个女人，我还是相当机智和谨慎的。"她的语气中带着一种残酷的讽刺意味，"你告诉我的任何事情，都不要再提起了。有些事不言自明。"

但她还是说了。此时此刻，我为教授感到难过。萨默顿夫人的固执几乎到了无礼的地步。

"我知道，我知道！"他说道，"但是请相信我的话。我不敢告诉你，只是不敢。就如我所说，这个案子还没有被彻底查清，我也没有足够的信息来证明自己，我只能怀疑。即使我们知道的不多，我确信我的怀疑没错。在证明我的怀疑是正确的之前，这是两码事，我不敢说出来！甚至对你，我也不敢，萨默顿夫人。"

紧接着是一阵沉默。我可以想象他们俩站在那里，密会陷入僵局。他们都站在那里沉思，各自想着接下去该说些什么。

"甚至对你，我也不敢说。"教授又说了一遍，似乎想打破沉默，"这太可怕了。"

"可怕？"

"是的，如果是真的话，但我认为是真的。我只求你把婚礼推迟一段时间，比如说一个月。一个月之内可能会发生很多事情。"

又是一阵沉默。

"你真让我害怕，"萨默顿夫人终于开口，"我不知道你在说什么，这让一切变得非常糟糕。当你在谈论尚未被彻底查清的案子时，首先让我想到的就是灵异世界。但那跟这事一点关系都没有，对吗？"

但是，教授没有中计。

"我拒绝透露任何细节。我只是请你，利用你的影响力设法让婚礼延期。你会这么做的吧？"

"哦，我不知道怎么做到！"

"好吧，如果你做不到，就让我来吧。不要担心，除非我能证明我的怀疑是正确的，不然我不会对西尔维娅提起这件事。在证明前，提起这事是不可饶恕、不近人情的。也有可能我是错的，而且，我已经告诉过你了，那个年轻人是不会受到非议的。"

"我希望你怀疑的一切都是错的，但愿是搞错了。"萨默顿夫人的声音突然变得非常平静。

"我也祈祷我可能是错的。"

"请原谅我，"萨默顿夫人说道，"我误以为你是想要为西德尼说话。我不应该说那样的话，我不是有意要那样说的。你的要求有些奇怪，我不禁要这么想。"

"没事！没事！"教授感叹道，声音明显很和蔼，"你很希望他们结婚，对不对？"

"我对这事感到很高兴。"她回答说，"我第一次见到马丁就喜欢上他了。但我听到有人说，是因为他的财富才促成了这桩婚事。"

"哦，肯定不是。"教授急忙向她保证，"我不认为有人会这么说。"

他说得有点太恳切了，我听了以后反而觉得他并不真的那么认为。有人说是我的财富促成了这桩婚姻？有意思，但对当时的我来说，财富的意义不大。我也无法预见未来，没想过人们这么说的原因是什么，或许是因为西尔维娅的冷淡，而萨默顿夫人对这桩婚事又相当热情，这才引起了这种说法。

但是，如我前面说的，这些事情在那时没有多大意义。实际上，我没有留意他们谈话的后半部分。听完教授的话，我的脑海里充斥着恐惧与强烈的担忧。我不清楚他是怎么发现我的秘密的，但他所说的每一个字都表明，他猜得八九不离十。

当然，这件事，他连提示都不敢给夫人！当然，这事太可怕了！当然，我的人品没有受到非议！

我沿着走廊，溜进大厅，想听的我都已经听到了。

我很惊慌，但也不是过度的惊慌。事实上，我非常平静地接受了。我知道，教授在把我的秘密彻底暴露出来之前是不敢开口的。当他揭露秘密时（虽然我不知道他该怎么做），他可能会成功地解开这个谜，从而使我从可怕的恐惧中解脱出来。

我从橡木箱上拿起帽子和手套。几分钟后，萨默顿夫人和教授悠闲地走进大厅，看见我正漫不经心地站在那儿打量着公园巷一隅——府邸的长方形入口。

"啊，马丁！"教授惊叫道，"你在这啊！"

"啊，马丁！"——教授通常不这样称呼我，他总是直呼我的姓，听起来会更符合成年男人的地位。"啊，马丁！"仿佛是一名父亲在对羽翼未丰的儿子说话。

萨默顿夫人与我握了握手。她握手时，轻声道了几句欢迎，她有一丝紧张，我假装没有看到。

教授也同我握了握手，这不符合他往日的习惯。我仔细地观察他微妙的表情和举止，发现他的眼神透露着无限的亲切。他不像萨默顿夫人那样害怕与我对视。他对我的秘密有所察觉，从而产生了怜悯。

我应该心存感激，但我有吗？

我没有。我在内心深处说道："去你的！你和你的怜悯、你的慈爱、你的慈父心，还有你没彻底查清的案子！"

我知道，这不合常理。但是，当一个个体发现自己与同类格格不入时，有这样的心理很正常。

"你竟然想推迟婚礼！"我看着教授走下台阶时，内心的魔鬼在继续叫道，"你想要推迟婚礼，推迟到你能证明或反驳你那灵异世界的理论以后！好吧，你根本不能！"

阳光下的恐惧

那天下午，教授突然来拜访我。

我还未与西尔维娅进行一场理想中的促膝长谈。在午餐开始前不到半分钟，她才出现在大厅里，与我和萨默顿夫人一起走进了餐厅。

在我们为教授送行回来时，西尔维娅默默地加入我们。一见到她，我更加坚定了自己的决心，决不允许有人干涉我的婚礼安排。她见到我时，并没有表现得太过高兴，脸上没有光彩，只用平静的语调欢迎我，但仍然保持着那份充满女人味的神秘感。

这大大地助长了我的自豪感。如果她的举止更奔放些，就不会显得那样高贵，我也就不会为她的美貌如此发狂了。在她和我的关系中，最重要的一点便是，她即将嫁给我。有鉴于此，微笑、亲吻和爱抚都显得无足轻重。

午饭后我立即离开，回到格罗夫纳广场。

我有很多事情要思考，我尽量不去想任何特别的事。然而，我无法克制自己不去思考我偷听到的内容。我的秘密有被人发现的危险，这使我非常害怕和不安。另一种恐惧——害怕再来一次两天前的那种灵异显现——也与日俱增。这是无论凭借怎样的意志力，也无法克服的煎熬。在黑暗、寂静的公寓里，神秘力量的凝视，足以使人毛骨悚然，就像我当时听梅克皮斯讲述灵异显现一样，直冒冷汗。但是，到了白天，它的力量是微不足道的。

然而，发现我的秘密就是另一回事了。这是一个实际的问题，一种不那么可怕的恐惧。与夜间那种令人心悸的恐惧相比，它并不可怕。但它总跟随着我，在晚上，在白天，这可能会使我失去西尔维娅，让我活生生品尝痛失最爱的滋味。萦绕在我周围的神秘力量可能也会夺走我的西尔维娅，但要做到这点，只有杀死我或西尔维娅才可以，就像它杀死了克里斯托弗·奈特和我堂兄一样。但是，教授可能会带来比死亡更糟糕的东西——没有西尔维娅的生活。我完全被她那无以言表的美丽迷住了，我无法想象没有她的生活。

我突然想到自己也许可以博得教授的同情。在我的配合下，他可能会成功地帮我摆脱恐惧，否则，我余生的夜晚将会很可怕。如果他能做到，就不会反对我和西尔维娅的婚姻了。

但我打消了这个念头，风险太大了。他解开这个谜的可能性微乎其微。我不能把我的秘密押在这种无法实现的期望之上。我对西尔维娅的渴望比我对未知的恐惧更加强烈。

格罗夫纳广场宽广宏伟，平静地坐落在午后闷热的阳光下。广场中央庄严肃穆的标志——中心花园，在护栏后面呈现深绿色。一辆封闭式货车停在广场的半路上，车身是暗棕色的，两侧用朴素的字体写着世界著名的制鞋品牌。一排闪闪发光的汽车紧挨着花园的栏杆。一个穿黑白衣服的女仆从一座房子里走了出来，一边走一边用一只手抚摸着头发。广场上除了两名货车司机外，没有其他人。

驾驶座上的司机身着制服，不耐烦地对身着同样制服的同事叫嚷着，他的同事正在关后车门。货车猛然向前一冲，那同事匆匆地转过身来，跳上了车，漫不经心地坐回座位，一气呵成，轻巧美妙，这动作想必是经过长时间训练而成的。

之后，我注意到广场上还有其他人。

一个身着深灰色西装的男人站在货车停车处不远的路边，他个子相当高，身上的衣服看起来是高级成衣。

我注意到这些事物，并非因为它们本身引人注目，而是我产生了幻觉，感觉那个人好像是从什么地方突然冒出来的。当然，我马上意识到，那个人之前被大货车遮住了，货车离开后，我才看到了他。他慢慢地走开了。

我登上台阶，走向我的公寓，行走的时候，脑海里浮现出昨天晚上，确切地说，是今天清晨看到的广场。我想起了在我走进公寓半分钟后进来的那个人。

那个人和他的走路方式都很有特色，像是警察，迈着缓慢的大步。

我想知道那意味着什么。

我无意间与这么多神秘的事物相关联，这使我立刻想到，广场上的警察，直接或间接，是因我而来的。我自然会这么想。我知道自己是完全无辜的，但这并没有改变我的嫌疑。我无法下结论说，他们在监视我，不过，考虑到我和两名被暴力致死者的密切关系，我无法对这种可能性视而不见。有那么一刻，我真的认为，他们或许会因我有嫌疑而逮捕我，我的心怦怦地跳了一两下，感到很不舒服，我想起了许多听闻过的错判。

但这只是受了惊吓后的恐惧。我对权利的坚持有太多的信心，所以不允许愚蠢的恐慌攫住我。如果警察怀疑我，他们就只是在怀疑我。而我知道，随着时间的推移，他们没有理由比现在更怀疑我——除非，我的熟人中，又发生了一起死亡事件，这天理不容！当然，他们没有任何证据，他们永远也不会有的。

因此，如果他们认为监视我是他们的职责，我乐意让他们监视我。

我上楼回到自己的公寓。

这时的我由于缺乏睡眠而感到十分疲倦。前一天晚上我没有睡觉，我经历了一些极度紧张的时刻。但我决心不屈服于这种疲倦，而是要熬到晚上，好让自己睡个好觉。

一个憔悴又紧张的年轻人为我开了门。这是我另一位服务多年的家仆。

"梅克皮斯呢？"我问着，把帽子和手套递给他。

"他躺下来了，先生。他不太舒服，先生。"

"哦，真令人难过！没什么事情吧，我希望？"

"没有事，先生。他说他有点累。"

我走进书房，穿过大厅对面的那扇门。

"有点累！"我喃喃自语，突然意识到梅克皮斯是多么不凡了，"他已经两个晚上没睡了，他说他只是'有点累'！我只一天没睡，就已经累死了。"

透过那扇敞开的门，我可以看到卧室里添置了一件新家具——一张很大、很难看的长沙发椅。这是梅克皮斯的主意，为了在晚上休息片刻所用！

我无比虔诚地感谢上天赐予我梅克皮斯！

我回到书房，选了一本书，瘫坐在安乐椅上。我知道阿什顿先生带着一些投资清单去了城里，我的律师们想看一看。四点钟的时候，会有人带着茶和几片薄薄的、卷好的黄油黑面包进来。无论梅克皮斯是醒着的，还是睡着的，都一样可靠。

与此同时，我有两个小时的时间，一种愉快的疲惫感，还有一本有趣的书。

我读了一两页书，感觉快要睡着了。我猛地振作起来，再次把注意力集中在书上。但是，我的疲劳比我想象的要严重。我的眼睛不由自主地闭上了，我的头开始垂到胸前。我站起来，在房间里使劲地转了几圈。当我以为自己已经完全清醒时，我又坐了下来。

然而，试图与睡意斗争是毫无希望的。我是睡着了，不是打瞌睡。我不记得有任何逐渐陷入无意识的阶段。我只是睡着了，就在那个房间里——两天前的晚上，有幽灵飘入的那个房间！

以下是我能给出的，关于我从入睡那一刻起所经历的一切最简单的描述。

我知道我已经睡着了。我的意思是，我知道那个年轻人马丁·斯特兰奇正躺在那把安乐椅上睡着了，他背对窗户，脸朝着空无一物的壁炉。我能看见他。我能看到他的头慢慢地垂向一边；我能看到那本书一点点从他放松的手指间滑落；我能听到它掉到地板上，书页乱七八糟；我看到书打开着，正面朝下。

我非常害怕。这个房间和房间里的一切都被赋予了一种不祥之气，就像噩梦中瞥见的东西一样，一切都充满了致命的敌意与恐怖。白天里那些纯洁的、引起愉快联想的事物，已经不再被动，变成了主动、恶毒的力量象征。因为，天已经黑了，夜已来临。他们忘了我的下午茶。我记得他们并没有叫我，而是让我继续睡觉。天渐渐黑了下来，恐惧开始显现。

虽然我强烈地意识到，周围的恐怖正在弥漫，我还是无法唤醒自己。我极其急躁，因为那个毫无生气的身体平静地躺在椅子里睡着，脸色苍白。

我客观地考虑了一下。我很担心，那是我的另一半——肉体的部分——我必须保护它不被房间里的邪恶力量所侵犯。我想尖叫，但叫不出来。

然后，我意识到，在黑暗和逐渐弥漫的恐惧中，有两只眼睛正盯着我。它们在控制我。我不敢将注意力从那双眼睛移开。它们是那间恐怖的屋子里最可怕的东西。世界上所有的邪恶似乎都集中在这双眼睛里，所有的邪恶都转化成了对我的敌意。

我明白自己必须面对这种敌意，并用超人的意志力去阻止它，否则它就会慢慢地把我包围，使我无法保护椅子上那具失去知觉的躯体。保护那具躯体是我存在的唯一理由。如果我失败了，我就会被压垮，然后死去，而死亡将意味着无尽的恐惧。

眼睛越靠越近，缓缓地，仿佛没有在移动，但它们确实在前进，而且会继续前进。它们抓住我，蛊惑我，使我在恐惧中失去力量。它们看上去邪恶到难以置信，没有表现出丝毫的同情和怜悯——没有什么我能理解的，没有什么我能求助的。它们就像蛇的眼睛，而我无助得像只兔子。我感觉自己忘记了一切，只记得那双凶残的眼睛。

然后，房间起了变化。这里不再是我的书房，尽管气氛依旧不详。这是克里斯托弗·奈特的卧室。

克里斯托弗就在那，还活着。我知道他在那，虽然我看不见他。还有一个人在那里——一个我不敢面对的人。

我知道——我是怎么知道的，我也说不上来——一些可怕的真相即将被揭露。我无法忍受真相被揭露，我宁愿死也不愿看到即将发生的事。克里斯托弗·奈特的谋杀将再次上演，我会亲眼看见，而后知道凶手的身份，也就是那个我不敢面对的神秘人物。

我知道我必须目睹一切，我没有能力逃跑，我甚至不能把目光移开。我知道，如果我看到它，强烈的恐惧会杀了我。

但我的意志不够坚强，我现在完全被邪恶的神秘力量所控制。

在我的周围有动静——鬼鬼祟祟的动静，那正是克里斯托弗处于危险之中。

在极度的恐慌下，我尖叫出声。恐慌使我的意志暂时战胜邪恶。恐惧立刻消失了。

我睁开眼睛，看到了我熟悉、舒适而坚实的书房。空壁炉另一边的安乐椅上坐着威瑟豪斯教授。

赌　局

"你必须原谅我，朋友，我这样做，侵犯了你的隐私。"教授说道，"他们发现你在打盹，想把我撵走，但我说我等着。"

"打盹，是吗？"我说，挣扎着坐了起来，"我很高兴您等了。我做了一个非常可怕的梦———个难以形容的可怕的梦。"

我用手捂着脸，眯起眼睛，像是尝到了什么恶心的东西一样。

教授仔细地打量着我。我不知道他是否在怀疑我所经历的不仅仅是一场梦，因为这的确不只是一场梦。除了我以外，其他人也积极地参与其中。它具有噩梦的特征，但它还有更多其他的东西。它是一场我与意识智慧间的斗争，它已经决定要揭露克里斯托弗·奈特的死亡之谜。

"你睡得很香。"教授看着我说道。我觉得他是很好奇地看着我。

"您在这儿很久了吗？"我问道，回望了他一眼。

我没有听他回答。我迅速站起来，在房间里转了几圈。他的凝视使我不安。他的眼睛里有某种东西让我感到害怕，如同我进入另一个意识层面的经历一样令我害怕。

"茶一会儿就好。"我告诉他，急于摆脱恐惧的影响，也急于向他隐瞒我的不安，"您今天不能留在萨默顿夫人家吃午饭，我感到很遗憾。希望我们在波顿大厦安顿下来后，您能来看我们。不会太久的，三个多星期就好了。"

"这么快？"他问道。我觉得他颇为惊讶。

"是的，明天起三个星期。"

我想知道他是否会提起推迟结婚这一话题。我不知道他怎样可以做到这点，但我忍不住要趁机提醒他，如果他打算推迟婚礼，他最好快点说。

然而，我的话只使他皱起眉头，默默地坐了一会儿，没有别的效果。

我瞥了他一眼，想知道他要怎样推迟婚礼。以我来看，只有一个办法，那就是接近西尔维娅，以某种方式影响西尔维娅，让她自己提出推迟一段时间。当然，他们不能影响我。我也不确定他们能否影响西尔维娅。这会很有趣，知道他们会采用什么方法——更确切地说，是知道教授会采用什么方法。萨默顿夫人并没有教授那样的信念，她希望我们成婚。她喜欢我，我知道的。她并非对我的财富和社会地位无动于衷。她不知道教授含蓄的建议背后隐藏着什么。

我在想，萨默顿夫人不会按照教授要求的那样竭尽全力地去做。然而，只要她知道我与另一个世界有联系，知道我生活在难以形容的恐怖之中，她就会像看见瘟神一样躲着我，她会千方百计阻止我和西尔维娅结婚。但是，她不知道，教授也不敢告诉她。

然而，教授知道。我站在教授的角度思考，问自己，如果我遇到这样的情况该怎么办。我不得不诚实面对这件事。我清楚自己应该凌驾于一切之上——法律、社会行为与其他一切，为了拯救像西尔维娅那样迷人的女孩，或者其他任何女孩，帮助她们摆脱与被鬼附身的男人成婚的恐惧。

因此，我的责任就是把这件事全盘托出，告诉教授，我知道他怀疑什么，我也知道他的怀疑是正确的。但是我可以吗？我有想过吗？不。这件事放在任何一个人身上都是必需的，但就我的情况，肯定不行——按常理而言。

而教授会做出公正的判断和行动。虽然，就我而言，我对西尔维娅的爱是世界上最伟大的事情，但他不会被我的痴情束缚。他只会为西尔维娅考虑，为了阻止这桩婚事，他会不择手段。

当然，最残酷的判断也不会因我执着于生命中仅存的一点幸福而批判我！我没有做错什么。我只是因为家族代代相传的诅咒而卷入了错误之中。如果我自愿放弃获得幸福的机会，我就不是人类了。

"你梦到了什么？"教授突然问道。

我尽量装出一副轻松的样子。幸运的是，我还没来得及回答，茶就来了。送面包的人在屋里待了一两分钟，把托盘放在桌子上。在那段时间里，我得以集中我的思想。

"关于印第安人的事，"我微笑着说道，开始倒茶，"我真的无法描述这个梦，它不是很连贯。周围的许多氛围，是那种常见的不祥氛围。但这就是全部。您要糖吗？"

"请给我两块……你说，印第安人，梦见印第安人可不寻常。"

他敏锐地注视着我。我放下茶壶时，瞥了他一眼，惊讶地发现他的愁容并未消散。我感觉到他不相信我。我神色微变。我向来就不是那种能冷静撒谎的人，但他无权就这种事质问我。一个人的梦肯定只属于他自己！

"反正，这个梦主要就是关于印第安人的，不管其他人的梦是什么。"我坚决地——也可能有些粗鲁地——说道。

我感觉这么说之后，他比之前更不相信我了，但这起到了结束这一话题的效果。

"我只是进来看看,"他说道,"问问关于阿什顿的事。我本来想中午的时候问你的,但我忘了。不过,今天下午我碰巧路过这里。阿什顿的情况如何?他还令你满意吗?"

"他太棒了!"我惊叹道,"他处理了那些我通常交给律师处理的事。他一次又一次帮我存下了更多的钱。他几乎无所不知。您在哪儿找到他的?"

"哦,我认识他很多年了。我相信他一定会令你满意的,但我还是想问问。我想跟我的、我的门生们,多保持联系。"

"在法律事务方面,他是一个能手,"我继续热情地说道,"他还懂点医术。两三天前,一个女仆拿着托盘进厨房的时候,胳膊脱臼了。我让阿什顿打电话请医生。我告诉他怎么回事,他亲自去看了那个姑娘,没有打电话请医生,我不知道他做了什么,那女孩现在完全好了。"

"是的,"教授说道,"我想他学过一段时间的医学。不管怎么说,我很高兴你喜欢他。"

他似乎不愿意谈论阿什顿的过去,我也没有追问下去。但我对阿什顿先生很好奇。这人无意间的举止让我认为,他不仅仅是绅士的私人秘书那么简单,而是一个重要人物。他的医学知识在女仆的事故中很有用,他的法律知识也常常发挥作用,所以我才会那样想。我还有一种感觉，觉得西尔维娅和她的姨妈以前见过阿什顿先生！种种事情都使我对他充满好奇。但教授曾提到过，他的这位老朋友身无分文。我认为很有可能，一个学过医、略懂法律知识的人因为家道中落而身无分文，即使他的举止看着十分自信。

喝完茶后，教授就走了。

"您路过的时候一定要再来我这儿。"我说道，"下午我通常在家。如果我听说您到了广场却没有来我家，我会认为您不喜欢我的茶，那可是梅克皮斯千里迢迢去斯特兰德买的。"

我这样说不仅仅是出于礼貌，而是确实希望他能随时来访。我猜他拜访我的目的是为了发掘什么，探索未知、模糊的领域，也许是……研究我。我很高兴他能这么做。他发现不了什么。至少我什么也不会告诉他。但他可能会不经意地留下一些对我有用的线索。并且，他可能会提起推迟婚期的话题。

我在想，他常在我身边倒也不错。到时，我也许应该能阻止他的任何举动。

"你不知道状况，"他笑着回答，"我每天都经过这个广场。我猜，你是想让我每天都和你一起喝下午茶。"

"好！"我欢呼道，"明天四点不见不散。"

我看得出来，他和我都在玩欺骗游戏。我想让他过来，我迫切希望他能来拜访，这样我就可以了解他的想法了，也许我还可以用行动说服他，他的怀疑是完全错误的。他想来访，他也很想来看我，以便能研究我。于是，我俩都玩起了这个欺骗游戏，他觉得自己能拿下第一局。

当我送他到门口回来时，男仆正将茶具收拾到一个托盘上。

"明天差不多同样的时间，威瑟豪斯教授会来拜访。"我说道。

"好的，先生。"他放下茶具，挺直身子站了起来，回答道。

"事实上，我认为教授会很频繁地定期来访，也许每天都来。"

"好的，先生。"

"我希望你能不拘礼数地让他进来，明白吗？就像很期待他来一样，就像他是家庭成员一样。如果我不在家，就请他喝茶。无论如何，总要把他带到书房里来。不可能让你再撞见我睡着了，像今天这样，但如果……"

"撞见您睡着，先生？"

他神态古怪地看着我。

"今天，是你让教授进来的，是不是？还是别的什么人？"

"是我，先生。梅克皮斯先生说，除了我不允许其他人应门，先生。"

"哦，你带他进来的时候，我不是睡着了吗？"

"睡着了，先生？"

"醒醒！"我叫道，开始被这家伙拖泥带水的样子激怒了，"你没看见我坐在这张椅子上睡着了吗？就是这把椅子。"我加了一句，拍了拍椅背。

"啊，没有，先生，我没有。"

"你把教授带进来的时候，没有吗？"

他奇怪地看着我，向后退了一步。

我想他害怕是因为我突然开始不耐烦。他继续困惑地看着我。

"好吧？"我终于说道，"你把教授带进来的时候，没看见我躺在那儿睡着吗？你到底怎么了？"

"没有，先生。只是，我没把那位先生带来这里。我是在门外遇见他的，先生。"

"那么是谁把他带到这儿来的？"

"哎呀，是您带的，先生。"

"我？"

当我说到这时，一阵寒意袭向全身，同时，我冒了一身冷汗。寒意和冷汗意味着恐惧。足有半分钟我都说不出话来，我几乎无法思想。但是，我确信这个年轻人说的是实话。我本能地警惕着，不让他察觉到什么秘密。

"当然！"我叫道，"我让他进来了。我已经睡着了，他来的时候我还没完全醒过来。那就对了。对不起，我反驳了你。"

这也许是他生平第一次听到他称为"先生"的人的道歉。

"没关系，先生。"

他走后，我在房间里踱来踱去，思索着这新谜团。

我的恐惧被一种强烈的自怜所取代。我觉得自己是一个悲剧的、茫然的、无辜的演员，被扔入竞技场，成了无情折磨者的玩物。为了它们一时的欢愉，我不得不忍受最难以想象的折磨。我被激怒了。为什么要选我？它们为什么就不能放过我？一场戏刚结束，我就又要被拖进去，成为另一场戏的牺牲品！

但自怜对我毫无用处，自怜之道就是自我毁灭之道。如果我对自己遭遇不公的处境耿耿于怀太久，我可能会忍不住"用一把匕首"来解脱自己。然而，我退缩了。我不过是个年轻人，人生最大的诺言还没有实现。除此之外，我还相信正义最终会胜利，我决不能让步，我必须直面这境遇。

但是，当我在地毯上踱来踱去的时候，我在脑海中反复思考着自己的处境，它变得越来越复杂，更加难以被一个渺小的人类智能所理解。

这两起死亡事件似乎都遵循着某种原则。它们的发生显然都出于我的意愿。如果这两起死亡包含了所有可能出现的现象，那么我应该相当轻松，为了避免这种现象的重演，我只需要防止对任何人产生过分怨恨。

但是，诅咒并没有就此停止。两天前的晚上，梅克皮斯听到我卧室里传来神秘的声音，看到"什么东西"消失在书房里，他的发现表明，那股力量现在正直接作用于我。但它失败了，肯定是因为梅克皮斯的闯入。

然后，到了今天——今天的经历实在太丰富了，而且历历在目，使我脊背发凉。我仿佛真的参与了灵异事件——一种超越时间和地点限制的显灵，比我的日常经历更加生动真实。在这世界上发生无法解释的事情已经够糟的了，可是，如果你自己成为这种事的主角，就更加糟糕。那个幽灵（我不得不称它为"幽灵"，为了显得不那么粗俗），那个幽灵现在要对付我。我无法想象它会把我怎样，也不敢想象。

最后的揭露也许是最大的恐怖。

我走到大厅去迎接教授，把他带到这个房间里，然后却对自己的所作所为一无所知，这是在怀疑我自己的身份——实际上是在怀疑我自己的理智。

忽然之间，当我沉浸在最黑暗的猜想中，当我的灵魂不分昼夜即将被邪恶势力所吞噬时，灵光一现，我突然明白了什么。

我如释重负，不敢退缩，以防我的推测可能是错误的。我几乎不敢去想它，这一切仿佛好到难以置信。我激动得浑身发抖，但我努力克制住这种激动。当我马上就能成功证明我的怀疑是正确的时，我有足够的时间沾沾自喜——也就是说，我要证明那个在我身上施咒的鬼魂，并不像我想象的那么厉害。

我按了按铃。年轻的男仆出现了，站在门口。

"梅克皮斯来了吗？"我问道。

"梅克皮斯先生还没来。"

"那么，你现在就给他打电话，告诉他我想见他。这事相当重要。"

年轻人一定认为我很没有人性，因为他知道梅克皮斯身体不舒服。我也在想，把老人从他应得的休息中吵醒，是不是有点不仁慈？但我等不及了。现在，我有了重大发现，既然已经踏上探寻之路，不迈出前几步，我便不会罢休。

我在地板上踱了很长时间。然后，梅克皮斯出现了。我的良心不再不安了。他看上去神采奕奕，精神抖擞。

"我想让你去度假。"他走进房间关上房门时，我说道。

"去度假吗，马丁先生？"

"是的，就今天。"

梅克皮斯目瞪口呆。

"但我没有地方可去。"他结结巴巴地说道，"那么今天晚上怎么办？

我没法把您一个人留在这儿的。它们会……它们可能会杀了您，马丁先生。我不能这么做。"

"但你必须这么做。我真希望自己能向你解释，为什么你必须这样做。但现在还太早了。也有可能我错了。我是说，我可能错了。但我要用我的生命——真的，是我的生命——来赌我是对的。如果我是对的，你就不会再在这间公寓里遇到午夜幽灵了。如果我错了，好吧，在那种情况下你也不会再有麻烦了……我想我已经发现了两天前幽灵骚扰的起因，还有今天再次骚扰的根源，尽管你还什么都不知道。但我宁愿什么都不说，万一我是错的呢。"

梅克皮斯还没有完全恢复，他不能完全理解我说的话。

"可是，如果我不在的时候，它们再来的话！"他喊道。

"这正是我希望你不在的原因。"我急忙解释道，"我希望它们，或者它，再来。我想尽可能鼓励它们，或者它，再来一次。我们有一把左轮手枪放在什么地方了，是不是？"

"是的，马丁先生。但是没有子弹。"

"哦，好吧，别管子弹了。左轮手枪就行了。如果是真的幽灵，子弹根本也起不了防卫作用。如果它不是真的幽灵，只要看一眼左轮手枪就可以了……话说，没有人知道你打算在我房间陪睡吧？"

"没有人知道，先生。"

"好！好的，拿着这些钱去找个酒店，在那里等我的消息，明天早上把你的地址寄给我。"

"但是，"梅克皮斯犹豫地说道，"如果有什么事情发生的话，我是说，如果我再也听不到您的消息……"

"哦，"我笑着说，"我认为，我们不需要制订任何计划来掩盖这种可能性……你就告诉别人你被叫走，因为有人病了。祝你顺利。"

当梅克皮斯伤心地准备去"度假"时，他的态度深深打动了我。我本应该把我的计划和怀疑更详细地告诉他，他值得我完全信任。然而，说实在的，我有点害怕，如果他知道我打算冒的风险，他肯定会拒绝离开我，那样就前功尽弃了。

"明天见，马丁先生！"大约一个小时后，他说道。这时，一辆出租汽车停在路边，一个搬运工正在搬箱子下楼。

"不是'明天见'！"我笑着说。

"啊！"他低声说道，"我还是这么说吧——以防万一。"

冲破黑暗

那天晚上，我正好有空。穿好衣服后，我漫步走进大厅，盘算着该怎么办。

我想，我可以去一趟公园巷，但我没有心情去。我焦躁不安，没有耐心。我想要一种比公园巷更自由、不那么私密的氛围。

有一家剧院，在那儿我一定会找到一两个有趣的人，他们会想尽办法让我愉快地度过夜晚。我决定去剧院。

就在这时，阿什顿先生穿过大厅。

"你忙吗，阿什顿先生？"我问道。

"不，先生。我有一两件事——"

"你能不能暂时把这一两件事放一下，跟我一起去剧院？"

"当然可以，先生。"

阿什顿会坚持用"先生"这个称呼。不过，在等他穿衣服的时候，我思考着，也许在社交之夜，他不会在这方面如此严肃正式。

我和阿什顿先生在一家餐厅吃了晚餐。饭后，我们漫步向前来到剧院，之后一起坐下来看戏。这部戏是那时伦敦上演的戏剧中最成功的之一。

我发现阿什顿无论在社交方面还是秘书工作方面都很出色。我很高兴选择与他一起度过了这一夜。他有极高超的技巧，使谈话远离"工作"——这需要不少的天赋——整个晚上，秘书和雇主之间本应交流的各种话题，他却一个也没有提到。

他的确提到了梅克皮斯，但无关痛痒。之前听说我的老仆人病了，他表示理解，现在得知他没有病而是去看望病人后，他很高兴。

是的，阿什顿先生除了是个出色的秘书之外，还是个出色的社交搭档。我偶尔会想，为什么我没有早点找到他这个伙伴。

最重要的是，这个夜晚过得很快。我没有去想，如果我离开阿什顿先生愉悦的陪伴回到自己的卧室时，可能会经历的磨难。

睡觉时间很快就到了。虽然我很想一个人待着，检验我的怀疑是否正确，但同时我又不愿意离开他人的陪伴。

"我们睡觉前先喝一杯。"我站在公寓的大厅里建议道,"请到餐厅待一会儿。"

餐厅在大厅的后面。它的门紧挨着那扇隔断仆人领地的门——那扇粗呢覆盖的绿门,在梅克皮斯看来,这扇绿门象征着主人和仆人的分界线。

我向阿什顿先生谈到了这一点,不是为了告诉他什么,而是为了表达自己的恐惧。

"梅克皮斯才是至高无上的独裁者。"我说道,"他赋予了这扇门吊闸和吊桥的双重功能。我知道晚上九点钟以后,如果发现有仆人在这一边,他就会立即解雇他们。"

阿什顿先生笑了起来,可我怎么也笑不出来。现在离睡觉时间很近了,我的自信心开始减弱。那扇粗呢覆盖的绿门,有着意味深长的东西。它给了我一种与他人隔绝的感觉,一种无人照管、直面未知敌人的感觉。

我本可以告诉阿什顿先生我的恐惧;我本可以不听从梅克皮斯的命令,派两个男仆来放哨。我给自己设下了严酷考验,而我并没有什么理由要经受这些。

我们喝酒消磨了好一会儿。我不愿我那结实、正直的秘书的身影离开我的视线。我的自信心很快就丧失了。在白天,我似乎还比较轻松、无所畏惧，现在的我却充满了怀疑和忧虑。我只想到了九十九个成功的机会，根本没有想到那一次失败的概率。但是，现在失败的概率占据了我的心。因为如果我的怀疑是错误的，就意味着我毫无保留地把自己推入了意图不明的势力当中。

"晚安，阿什顿先生！"我突然说道，放下杯子，"非常感谢你的陪伴。这是一个愉快的夜晚。"

想到我整夜不睡可能会有的后果，我不敢在那儿逗留。我毅然走进了卧室。

我一边脱衣服，一边吹口哨。吹口哨有一种镇定作用，最重要的是能让我不那么惊慌失措。如果我的思想停留在灵异事情上就完蛋了。我争辩说，恐惧是一种精神状态。一些人内心强大，对他们来说，恐惧是一种未知的东西。还有一些人极其敏感，他们的恐惧始于房上的暗影。我属于后者。最近，我在超自然世界的经历使我神经紧张。

我对自己说，我必须把思想集中在单纯的日常事务上。意念——是神秘的，要去想那些平凡无奇的事情。如果我满脑子都是别的念头，就没有恐惧的立足之地了。我又告诉自己，恐惧只是一种心理状态。

我把当天晚上看的那出戏的情节回顾了一遍。我梳理了第一幕的每一个细节，然后惊讶地发觉，这么做让我感到平静。我可以在房间里踱步，就像中午在拥挤的大街上散步一样轻松。

通往书房的门是关着的。我走过去，打开门，朝里看了看半明半暗的书房。我故意转过身，回到卧室中央。我有强大的自控能力，稍微一动就能转过身来，直面那扇门，因为恐怖就是通过那扇门侵入的。

但是……我不得不说，我为自己背对着门的姿态感到自豪。我漫不经心的样子显得很高贵。至少到目前为止，我还能控制住自己。如果我能保持这种控制力，就什么都不怕了。

我把灯关了，房间里一片漆黑。然后，我走到一扇窗前，拉开了厚重的窗帘。我甚至还站在窗边看了一会儿下面的广场。午夜时分，牛津街的车流声断断续续地从我耳边传来。夜空闪烁着神秘的光芒。

在广场下面——也就是我所在的这侧，离人行道有一段距离——站着一个人。我笑了笑，是那个跟踪我的人。我很肯定，他们在监视我，或者至少是在监视和我有关的人。我的表情从微笑转变为严肃。这不好笑，尽管人们一想到有人在寻找海市蜃楼就忍俊不禁。我认为，从我与西尔维娅·弗农第一次见面的那个灾难性的夜晚起，我所知道的全部悲剧和谜团，一定都是由一个原因造成的。克里斯托弗·奈特的死，我堂兄的死，我自己怪异的经历，人行道上警察的出现——我确信这都可以追溯到一个根本原因。

这个谜会被解开吗？我是否能摆脱那阻挡我无忧无虑生活的神灵？我快要揭开所有谜底了吗？……还是，只有一部分？

我从窗口转过身，面对着黑暗的房间。现在，透过夜空微弱的光芒，我看得清屋里的所有东西了。这房间略显黑暗，我的意念开始蠢蠢欲动，我把意念转到剧院里的戏剧上，努力让思绪停留在那里。与此同时，我上了床。

我的思绪已到了那出戏的尾声，然后，我又会从头开始回顾。我告诉自己，不能让思想漫无目的地游荡。如果这样，它们就会把我带回现实，我会发现自己睁大眼睛，期待着一些奇怪的事情发生。我必须在相当长的一段时间里，全神贯注于一种情况。详细地回顾那出戏是当时最好的办法。

大概过了一个小时，当我正在思索一个角色是怎样走上舞台的时候，我听到书房里传来了声音。

刹那间，我那卓越的自制力消失了。既然紧要关头已经到来，我还不如一直瑟瑟发抖地躺着，在恐惧中等待着一切变化。

我手里拿着毫无用处的左轮手枪。我之前还跟梅克皮斯争辩说，子弹不重要。我真是个自欺欺人的傻瓜！一颗子弹至少能引起全屋人的注意。

我应该假装睡着，眼睛半睁半闭地望向书房的门。然而，事实不尽如人意，我睁大了眼睛，竭尽全力想要望穿这房间的黑暗。

在第一个微弱的声音过后，是死一般可怕的寂静。

这时，书房门前的黑暗被打破了。黑暗变得不那么强烈了，仿佛开始展露雏形。有什么东西在黑暗中逐渐演变形成。一个幽灵似的东西站在门口。

我无法动弹。我只能盯着那个一动不动、一言不发的幽灵，在房间的黑暗中依稀可辨。

"不要看它的眼睛——如果它有眼睛的话。"我对自己说，心里却非常害怕，想找到一个办法以保持自己最后一点自控力。幸运的是，我想到了早先给自己灌输过的预防措施："不要看它的眼睛。"

那个幽灵，像黑暗中的雾一样模糊，仿佛正在向房间里移动。然而，寂静没有被打破，它毫不费力地移动着。它变得不那么模糊了。它向我走来。

如果它继续以这种悄无声息的、鬼鬼祟祟的方式前进，我真不知道该怎么办。也许我应该彻底晕过去，因为每一秒钟，我都感觉到我的四肢逐渐不受控制。

地板吱嘎作响。随着那声响，我的四肢渐渐恢复控制。我放松了起来，不再紧张。我发现自己呼吸变得正常，装睡不再困难。"地板，"我在心里自言自语，"不会在幽灵的重压下吱嘎作响。"

据我在黑暗中的判断，那东西已逼近房间正中央。

它仍然只是一个影子，仍在以无比缓慢的速度前进，显然毫不费力。

我变得异常冷静。吱嘎作响的地板已经证明，我的部分理论是正确的。虽然我身处某种危险之中，那只是身体上危险，相对来说问题不大——毫无疑问，是够糟糕的，但鉴于我最近在超自然世界的经历，这还不算什么。

我要让那影子再靠近我一两步。

"不要动！"我突然迅速地喊道，"不然我就打爆你的脑袋！"

与此同时，我打开床头的灯，跳下床，挡在闯入者和房门之间。

"阿什顿先生，"我说道，"我就知道可能是你。"

阿什顿先生穿着一套深色西装，为了遮住衬衫的亮白，他把上衣领子折了起来。他惊讶得说不出话，只是站在那里，被我夸张的话语怔住了。

他虽然吃了一惊，却丝毫没有露出害怕的神色。他没有退缩。即使在那一刻，身处我们大多数人都会感到震惊的境地，他仍然表现出一贯的冷静自信。他的态度不是傲慢，是镇定自若，他清楚知道自己所处的位置。

"你在这里干什么？"我问道。

他的眼睛盯着我的左轮手枪。

"那东西可能会走火。"他说道。

"是很容易走火的。"我应声道，"你在这里干什么？"

"即使我告诉你，你也不会相信。"

"也许我会相信。我们要不要试试？"

"不。"他非常慎重地说道，"我不想试。你刚才说你就知道可能是我。你为什么这样想呢？"

就是他这种天生的刚强性格，在他担任我秘书的时候曾试图掩盖，但没有成功。正是他的这个特点，现在他成了提问者，而我成了被问者。

我本应该拒绝回答，但在我知道自己在说什么之前，我已经回答他了。我在他形迹可疑之时逮了他个正着，而且我有一把左轮手枪，这两点对我有利，应该能让我随心所欲地对付他。但我不能对他为所欲为，他坚强的性格让我，即使在这一刻，也尊重他。

"除了我，你是这个公寓里唯一的外人。"我说道。

"好了！好了！"他答道，"那不是真的。你有其他原因，你怎么解释手里的左轮手枪？你在等我吗？"

我手里拿着一把左轮手枪，面对着非法闯入者。我脸红了，因为他平静地说了"那不是真的"。

"是的。"我说道，"我在等你——等你或者威瑟豪斯教授。"

"你为什么要等我们其中的一个呢？"他问道。

我还没决定要不要告诉他，我在等他这件事并非事实。我只是不相信，这些夜间惊恐是由物理原因引起的：我早已准备好，冒着不寒而栗的危险，去发现它们是由超自然原因造成的。

阿什顿先生是不会透露任何信息的。我可能会整晚站在那里，试图引他说出真相，而唯一的结果反而是我向他透露了一些事情。

但我想，还是把那些困扰我的事情了结为妙，于是我说道：

"两天前的晚上你被打扰了，那时我很肯定你会再来。为了鼓励你这么做，我就把梅克皮斯打发走了。"

阿什顿先生一定在心里咒骂自己愚蠢，没有看清这点。

"我想，"我继续说道，"我猜你们在想，我是不是知道你们在干什么……你和教授在干什么。我猜你们觉得我不知道吧？"

我不知道，但我已经猜到了。当我的年轻男仆告诉我，我走到门口把教授领进书房时，我就已经猜到了。

"你不知道，斯特兰奇先生。你永远也不会知道。"

他以一种沉着的、专业的自信说着话。

"你这是在催眠我。"

有那么一瞬间，他那从容的态度消失了。随即，他微笑起来，不失尊敬地抨击我，坚称这个想法是荒谬的。但他的微笑和抨击来得太晚了。我已经发现，他对我如此巧妙地击中他的要害感到吃惊。现在，他不管说什么都无法挽回过失了。

"是的，"我打断他说，"你两天前的晚上试过了，没有任何结果。

今天下午教授又试了，有了点结果。而现在，今天晚上……不过你别再试了。"

说完，我走到壁炉前，按响了铃，我按了很久，然后，我把左轮手枪扔到床上，它已经完成了使命。现在，我知道了他们的意图，无论是眼前的这个人还是教授，都不能伤害我。

我清楚他们的意图，对此毫不怀疑。对于我最后的论断，阿什顿先生无言以对。

在等待有人对我的召唤做出反应的时候，我在房间里转了一两圈。

阿什顿什么也没说。不过我敢肯定，他对我的态度感到十分困惑。他一定是在愤怒地问自己，为什么我能如此平静地接受这一切，为什么我没有要求他告诉我，他试图催眠我的原因。

但我没有问他，因为我已经知道了。这是教授推迟婚礼的方法。他把阿什顿先生安排到我家里，主要是为了探究和我家族有关的超自然事件——不知道为什么，他知道这些事件的存在。显然，他们还没有发现任何东西（我肯定他们永远也不会发现的），但他们一直想利用自己的身份来影响我，用催眠的方法来左右我，好让我把婚期推迟一段时间。

我已经猜到了这一切。今天晚上的发现使我确信，我的猜测与事实相差无几。

门外传来了敲门声，开门的那个年轻人正是梅克皮斯任命的副手。他毕恭毕敬地站在门口。

　　"帮阿什顿先生收拾行李。"我说道，"你收拾时，我会打电话叫辆出租车的。"

原则声明

"说起阿什顿先生，"西尔维娅说道，我把昨天晚上发生的事，尽我所能地向她讲了一遍，"你还记得我告诉过你，他很像我认识的一个人吗？"

"哦，是的。你觉得你以前见过他。"我说道，竭力装出不太感兴趣的样子，却抑制不住自己强烈的急躁不安，"你想起来他像谁了吗？"

"詹姆斯·兰伯特·史密斯爵士。"她说道。

"詹姆斯·兰伯特·史密斯爵士？"我附和道，"我没见过他。他是个脑专家，对吧？还是心理学家之类的？"

"是的，差不多。我是在你跟我说起你的秘书时，才想到的。"

原来是詹姆斯·兰伯特·史密斯爵士，我曾威胁要用一把没上膛的左轮手枪打爆他的脑袋！

"你一定要告诉詹姆斯爵士，有一个他的冒牌货。"我笑着说道，"除非你愿意，否则你不必提及这冒牌货可能是个贼。"

当时我心情很好。我和西尔维娅在摄政街一家商店的屋顶花园，而萨默顿夫人在店里。我们留她在那里检查窗帘。她在向我们证明，购物也许是世界上女人比男人更认真对待的一门艺术。

我被迫吐露了一些关于阿什顿先生的事情，我让西尔维娅明白，我那前途无量的秘书原来是个普通的——或者说不寻常的——小偷。我在轻松地谈论这件事。我太高兴了，不想以别的方式谈论它。最终这些可怕的现象已经被解释清楚，或者，至少能基于自然原因被解释清楚，这对我来说很欣慰。我知道教授在探寻我的秘密。我也知道，他和他的同事——詹姆斯·兰伯特·史密斯爵士——一直在试图催眠我。我猜想，他们使用了催眠术，想让我告诉他们我了解的家族秘密。然而，我猜不出他们是怎么怀疑到有秘密的。顺便说一句，他们可能一直在想尽办法，试图让我推迟婚礼，这样就有更多的时间进行实验。而我对这一切毫不介意。

一想到那个幽灵要毁灭我，我就感到恐惧。现在知道这是毫无根据的恐惧，这让我感到无限欣慰。除了那件事，我什么都能忍受。

我知道我的家族受到了诅咒，我能忍受。因为我相信，只要我不让致命的仇恨情绪缠住我，诅咒就不会起效，这样就没有什么好害怕的。我能忍受已发生的两起死亡事件，因为这两起死亡是由房子周围悄然盘旋的神秘暗影造成的，我本人对这两起死亡没有责任。我也可以忍受教授的科学探究。他现在什么都发现不了。

简而言之，我的生活比以往任何时候都快乐，尤其是在那温暖的屋顶花园，西尔维娅坐在我身边的石凳上。

"还有三周！"我说道，"到那个时候，我们都会非常兴奋的。"

婚姻对女人来说显然比对男人更重要。但西尔维娅没有回应我的热情。

"是的，三周！"她说道。我感觉在她的惊呼声中听出了一丝悔恨的意味。

"听起来，你好像并不期待。"我不加思考地说道。

"哦，可我很期待！"她反驳道，对我笑了一会儿，抓住我的胳膊，好像要强调她的话，"如果我不期待，我还会嫁给你吗？"

当然，这问题无法回答。

我怎么能怀疑她坚决的言辞呢？我怎能想象她爱的不是我，而是那个害羞的小伙子西德尼·威瑟豪斯呢？我怎么能说是萨默顿夫人选择了我做西尔维娅的丈夫，而西尔维娅除了服从她的姨妈别无他法呢？

这些问题都没有牵动我。我只知道西尔维娅·弗农，伦敦最漂亮的女孩，将要成为我的妻子。

"当你告诉威瑟豪斯教授关于阿什顿那人的事时，他说了什么？"她问道，"你今天看见他了吗？"

"没有。我在等他今天下午来喝茶。"

"他听说自己推荐的人其实如此糟糕，一定会很难过的。"

"是的，"我干巴巴地说道，"他一定会后悔的。"

我们起身。是时候提醒萨默顿夫人午餐比窗帘更重要了。

当我们走进商店里相对昏暗的地方，我在想，将来我和威瑟豪斯教授会是什么关系。他是萨默顿夫人的朋友，我不能不理他。我决定对他坦白——坦白以让他明白，我知晓他催眠过我，但我显然完全不知道原因。

我猜不出他下一步会怎么做。要不是我听到了他和萨默顿夫人之间的谈话，他最近对我如此关注，我一定会感到莫名其妙。但现在，我可以采取充分的措施来保守我的秘密，防范他的下一步行动。我无法忘记，在同萨默顿夫人谈话时，他曾说他认为这件事极其严重。他可能会采取任何措施阻止我和西尔维娅结婚。

然而，我并没有感到烦恼。我有个想法，一旦我发现了他调查我的方式，我就能结束这些调查。他工作起来一直很谨慎，想在我不知情的情况下，找出斯特兰奇家族的真相。他选择了直接从我这里套出这个秘密，而不是麻烦地去查阅家族记录，如果真有记录存在的话。但现在这项工作变得困难多了。我已经事先得到了警告。

对我来说，最大的谜团就是他是如何知道我的秘密的。

但是，此刻拥有和西尔维娅在一起的快乐就足够了，或者说，被人看到和西尔维娅在一起的快乐。当我们伸长脖子找寻萨默顿夫人时，我瞥见她朝我们的方向投来的目光。目光首先落在西尔维娅精致美丽的脸庞上，然后目光投向了我，仿佛在问，我何德何能守护这位迷人的伴侣。

但是，西尔维娅完全没有注意到这目光。她一心想着找到姨妈，眼睛只盯着商品货架旁边的走道。她那件简单的夏日连衣裙，面料带有花纹，正因为款式简单而极具神秘的诱惑力。她一点也不张扬，不傲慢。然而，她是这里最引人注目的人。当我第一次见到她时，她对我产生了一种难以言喻的吸引力，其他人也有同感。

"姨妈好像不在这里。"她终于开口说道。

"是的。"我说道，突然回过神来，"要不我们……你认为她会在哪儿呢？"

"我不知道。我们就四处转转，好吗？"

于是，我们四处闲逛，穿行在手袋、雨伞、杂货、留声机和收音机之间。

"真奇怪！"西尔维娅说道，"她说过，会在之前道别的地方等我们的。"

我们走回窗帘区域，来到了一座豪华宫殿前——这是一个场地，摆满了长沙发和安乐椅。

"她在那边！"我叫道，但我没有急着上前，而是停下来，碰了碰西尔维娅的胳膊，把她留住了。萨默顿夫人在陈列室的另一头，正生气地跟威瑟豪斯教授说话。

我们慢慢地向前走。

当我把西尔维娅的注意力吸引到陈列室另一头的那两个人时，她笑了，毫无疑问，她把我的停顿，当作是羞于打扰那两个人的"争吵"。

然而，让我怔住的不是这"争吵"，而是这"争吵"的含义。我想，既然教授不辞辛劳到这里来找萨默顿夫人，一定有急事。

"您好，先生！"当他们都转过身来，看见不远的我们，我说道。

萨默顿夫人的态度立刻变了。她脸上的红晕消失了，微笑着欢迎我们。

教授也勉强露出了笑容，但那是勉强的微笑。我为他感到难过。我看得出来，我和西尔维娅的到来，让他突然结束了他经历过的最糟糕的讨论。

"您推荐给我的那个人，"过了一会儿，我说道，"是个彻头彻尾的坏蛋。昨晚，我发现他闯入我的卧室。他没有被子弹打穿脑袋，真是万幸。"

我给他们讲了午夜入侵者的故事，与我同西尔维娅讲的一样。

教授一想到他推荐的人如此糟糕，感到非常难过。

"我亲爱的马丁！"他叫道，毫无疑问，他的态度吸引了各位女士，"我本来会把生命托付与他。"

我确信，我的消息对他来说并不意外。我敢肯定，他那天早上一定和詹姆斯·兰伯特·史密斯爵士谈过。詹姆斯·兰伯特·史密斯爵士已经告诉了他，他们的实验失败了。我确定，这就是他迫切寻找萨默顿夫人的原因。

我比以往任何时候都更高兴，准备针对令人失望的阿什顿先生发表一些尖锐的评论。实验失败后，他重新努力影响萨默顿夫人反对这桩婚事。而萨默顿夫人拒绝受他影响。

"很少有人，"我说道，"能让我以生命托付。经过昨晚的惊吓之后，下一个来打扰我的窃贼会怎么样，我都不必负责了。他是秘书还是个普通客人，都无关紧要。如果我发现有什么可疑行为，我就开枪。昨晚的事让我相当不安。"

当然，女士们一定认为我是在胡说八道。但是，关于昨晚所发生的事情和我说过的话，教授已听了詹姆斯·兰伯特·史密斯爵士的讲述，他把我的话当真了。

我本来并不想这样说的。机会来了，一时冲动之下，我就说了我认为最有效的话，或许这样能阻止不必要的关注。

我一边说，一边看着教授的脸。就像我说的，我为他感到难过。他知道某处有个秘密。也许，他知道的比我想象到的要多。至少，他猜想，有某种超自然的力量在影响着我的生活。他担心这种影响会波及西尔维娅。然而他无能为力。

他是对的，我同情他，我能理解他的恐惧。如果显灵针对的不是我而是其他人，我会很热心地帮他。

是的，我为他感到难过。萨默顿夫人不会听他的恳求，她的态度一定使他大为恼火。而现在，我在此声明，谁敢干涉我，我就开枪！

他耸了耸肩，几乎是在叹气，转身离开了我们。他的态度好像在说："如果你不让我帮助你，那么你必须自己承担后果。"

"今天下午我会见到您吗？"当他向我点头告别时，我问道。

"你是说去喝茶吗？"他说道，"恐怕不行。我以后不会经常陪着你了。我不得不改变一些计划。"

说完，他就走了。

我明白，他再也不管这件事了。

一声回响

我和西尔维娅结婚了。

那时的我恐怕除了强烈的幸福感外，什么想法也没有。我没有停下问自己，我娶西尔维娅——或其他任何女孩——做妻子是否正确？面对唾手可得的幸福，我无法做出判断。也许当时有一瞬间，我想过，我不该允许西尔维娅玩这场危险游戏，在她毫不知情的情况下，嫁给一个与魔鬼结盟之人——我必须用这个词来描述这种关系，尽管我不情愿与另一世界那可怕、沉默的力量有关系。我的意思是，有一瞬间，我想过把这件事告诉她，但我不能，正如我不能自杀一样，不然就意味着我失去了获得无上幸福的机会，而我有与其他人类一样的本能。

从那以后，我不时地想，如果我在允许她成为我的妻子之前就说出秘密，会不会更好一些？

要是我能预知现在的事就好了！但我没想到幽灵这么快就又活跃起来。

事实上，当我发现教授要在我身上做实验的计划时，我的恐惧就消失了。我堂兄去世已经很久了，他的死标志着鬼魂力量的最后一次显现。我推断，在我有生之年，这种力量可能再也不会出现了。我这么推理是很自然的。我不会因为将来可能的不幸而放弃眼前的幸福。

自从教授从摄政街的商店突然离开后，我就再没见过他，虽然有人说他去了骑士桥的圣保罗教堂，观摩了我们的婚礼。我很后悔，那时我直截了当地叫他少管闲事。

我们的蜜月在欧洲大陆旅行中度过。那几周是我一生中最快乐的时光。西尔维娅依旧表现出疏离的女神模样。除了天然的矜持感之外，我无法从她的态度中读出任何东西。我不再觉得她和我的关系缺了什么。她嫁给了我，这已经证明了她是爱我的，除此之外，我别无所求。我爱上了一位疏离的女神，我很满意她仍然是一位疏离的女神，永远神秘。

我感到幸福圆满。如果我是一个很在意公众认可的人，我真的就会得意忘形，因为我们无论走到哪里，都会受到盛情款待。我发现西尔维娅作为上流社会美女的名声并不局限于伦敦。我们访问欧洲大陆唯一的困扰便是，不知该接受哪些邀请，拒绝哪些邀请。

然后，我们回到了波顿大厦。

回汉普郡的波顿大厦要经过伦敦。我们其实没有必要去伦敦，但西尔维娅和我都觉得，回到英国的首要任务就是探望萨默顿夫人。因此，一天傍晚，我们漫步在公园巷黑白相间的马赛克小路上，按响了萨默顿夫人府邸的门铃。

这次到访出其不意。我们原打算直接到波顿大厦去，那里一切都已准备就绪。就在那天早晨，我们临时决定改变计划。一到英国，我就给汉普郡发了电报，请他们派一辆汽车，接应那晚从伦敦开来的末班火车。不过，我没给公园巷发电报。我们原以为，突然到访会给西尔维娅的姨妈带来惊喜。

萨默顿夫人不在家。她不在家，并非出于礼仪说自己不在家，而是她真的不在家。

当然，我们会等的。

我最近开始注意到，看似微不足道的小事是如何引发一系列至关重要的大事的。当然，我一向知道，人的一生基本上是由一些最微不足道的偶然事件支配的。有人因为与老朋友偶然相遇，而认识了一位迷人的女孩，人生从此改变。那人，突发奇想地选择走某条路，而没有选另一条同样便捷的路，结果偶遇了老朋友。事实是，他的手表快了，时间充裕，让他决定步行赴约，而非乘车。他走在某条街上，遇见了老朋友，还被介绍给了一位迷人的女孩——人的一生就因为手表快了而改变。

这些我都知道，但直到我和妻子到公园巷拜访萨默顿夫人，发现她不在家时，我才意识到这些意外的威力有多大。

我们在客厅里等了大约十分钟。西尔维娅一想到又能见着她姨妈了，就感到兴奋。这时我们听到大厅里又来了一位客人。

客厅的门开了，没有事先招呼，威瑟豪斯教授就被领了进来。

很明显，他不知道我们在那里。他在格罗夫纳广场公寓的行为，至今仍是我与他之间无法解释的秘密。他见到我时，一定想知道我对他产生了什么怀疑，他也解释不了所发生的一切。然而，他却在这里，出乎我意料地与我面对面。

西尔维娅立刻站起来朝他走去，我跟着她。

我为教授感到难过。他的本意是好的，他从科学角度出发，对超自然现象产生兴趣，也许他的研究方法在他自己看来是正确的。我没法反感他。

我跟在西尔维娅后面，想表示我对他的尊敬一如既往，尽管我们之间存在着令人困惑的暗影。

"您一定要来参加我们的乔迁宴会，"在第一次寒暄之后，我说道，"如果您不来，我们会很遗憾的，是吧，西尔维娅？宴会在下下个周末。能麻烦您抽出时间过来吗？"

西尔维娅附和了我的邀请。老先生来回打量着我们二人，他的脸上原本有些不安，现在恢复了往常的平静。

我丝毫没有表现出自己记得发生过什么事。虽然，我无法忽视他和假冒的阿什顿先生的奇怪行为，但我们心照不宣地掩饰过去了。

他接受了邀请。

"西德尼呢？"我询问道，"西德尼也一定要来。"

我必须把西德尼也算进去。但我发现这种情况下，西尔维娅并未附和我。她转过身，姿态十分自然。她走到窗前，显然在寻找她姨妈的身影。

"是的，我们一定要让西德尼来。"我又说道，想急于表明，我很高兴自己忘记了发生过的一切。

"好吧，我不确定他是否有空。"教授解释道，"不过，我一定向他转达你的盛情邀请。"

"姨妈来了！"西尔维娅叫道，离开窗口跑进大厅。

教授兴奋地闲谈着，度过了剩下的时间。

然而，在这种兴奋的闲谈背后存在着不安因子。在萨默顿夫人和教授之间，人们可以察觉出敌意。见到我们时，她自然流露喜悦之情；面对教授，她却表现出冰冷的态度。

"你打电话来说要见我？"她突然问道。

"是的，"他回答道，"是的，我的确打过电话说要来见你，萨默顿夫人。但都无关紧要了，见到这些年轻人实在太开心了。"

"还是同样的事吗？我以为一切都解决了。"

"是的，是的，没事了。"

教授不愿在这个时候把他的事情暴露出来。我和西尔维娅都感到不自在，因为萨默顿夫人表现出敌意，毫不掩饰。她与教授四目相对时，眼神闪闪发光。

我不禁在想，这两人之间的矛盾是否还和我们结婚前一样。难道教授仍然对我感兴趣，认为我是一个值得调查的"案例"？他没能阻止这桩婚事，我原以为他就收手停止活动了。难道他仍然想证实他那套我的房上有暗影的理论？

很快他就离开了。

萨默顿夫人目送他出门后，转向我。

"现在——关于你们的乔迁宴会……"她开始说话。

"首先，教授会来的，"我说道，"还有西德尼，我想。"

她惊讶地看着我。

"西尔维娅，亲爱的，"她温柔地说道，"你能自己去旁边待十分钟吗？我想和你的丈夫单独谈谈。"

西尔维娅，我猜，理解她的姨妈有权和她的丈夫进行十分钟的私人谈话，带着疑惑的微笑看着我们，仿佛在思考我们之间有什么美好的秘密，慢慢地退了出去。

"坐下吧，马丁。"只剩下我们俩人时，萨默顿夫人对我说，"我想告诉你一件事。"

她的态度很严肃，几乎有些紧张。我面对她坐了下来。

"是你邀请教授参加的吗？"她犹豫了一会儿说道。

"还是——还是他自己要求的？"

"哦，我叫他的。"我说道，"他不会自己要求的。"

"我不太确定。我发现他是一个爱管闲事、极其固执的人。他相当渴望和你关系密切。我知道你们之间发生了一些事，但不知道是什么事。我还知道，在你和西尔维娅结婚前的一两个星期里，你们没有见过面。从那以后他就一直想讨我的欢心。他在怀疑——我一点也不知道他在怀疑什么——一切都不是它应该的样子。他恳求我帮助他，他几乎向我跪下了。他想和你搞好关系，这是我目前知道的。我告诉他，如果他不能跟我说清楚，他怀疑的是什么，我也帮不了他。他不敢告诉我，这太严重了，他说。你知道他想说什么吗？"

"完全不知道。"我向她保证,装出一副迷惑不解的样子,此时此刻,我深感不安。

"从中我能得知的就是,"她继续说道,"他想研究你。也许他对你有科学上的兴趣。可别忘了他是个科学家,他认为最严肃的事情可能是……"

"是的,是的,我明白。"我打断了她,"也许他只是想验证某个科学理论而已。"我不太想谈论这个话题。

她继续说道:"如果我早知道你们今天要来,我一定不会让他见到你的。你为什么不告诉我,你们要来呢?"

"我们是想给您一个惊喜。"

"好吧,你们做到了。但你也给了教授他想要的机会。这就是我现在单独跟你谈话的原因。他让我不要向你和西尔维娅透露一个字。"

"所以,您第一时间就告诉了我们!"我笑着感叹道。"是的。我讨厌他的态度。我不喜欢我的亲戚(马丁,想到你是我的亲戚,真叫人高兴)被视为一个'病例',而这似乎就是事实。所以我想告诉你,如果他要做什么科学观察的话,就让他公开地进行吧。你不像一个应该留院观察的病人,不是吗?"

"当然不是。"我告诉她,脸上的微笑掩盖了我的不安。当我得知教授还没有放弃调查后,感到非常忐忑。

"好了，就这样吧。"她说着站了起来，"我想整个问题在于教授，他老了，也许变得古怪了，我不知道。我不想怀疑他的判断力。但是，终身的学习和研究可能对他产生了某种程度的影响，或许这样想比较好。如果从表面上看他的态度，我会说，他内心深处的想法是极其严肃的。他给人的印象是，这是一件生死攸关的大事。"

我又笑了。

"那我们就到此为止，好吗？"我说道，"让我们假设，他陷入了某种错觉之中……但谢谢您提醒我。要是我发现他在用显微镜偷偷地观察我，我也不会吃惊了。"

我们去找西尔维娅，发现她背对着图书馆里空荡荡的壁炉，正全神贯注地看着一份晨报，那份报纸摊开着，她的双臂也伸展着。

听到我们的声音时，报纸掉到了地板上，她双手捂着脸。

看到这意外的景象，我们呆呆地站在那里。她立刻又恢复了镇静。

"他们为什么不放过他？"她问道，"为什么他们不忘掉他，也不让别人忘掉他呢？"

"忘掉谁？"萨默顿夫人疑惑地说道，她走到西尔维娅身边，抓住她的肩膀。

"克里斯托弗。"西尔维娅带着愤怒的哭腔说道，"他们为什么要重新提起这些事？他们能不能找到凶手，跟我、跟我们这些认识他的人，有什么关系吗？为了制造轰动！他们从不消停，不考虑我们的感受。那些、那些食尸鬼！"

她把脸埋在她姨妈的肩上。

我站在一旁，感到相当无助。法律尽最大努力找到凶手之前，克里斯托弗·奈特的谋杀案应该被保留在公众的记忆中，关于这点，在这种时刻不宜被提及。

她继续抽泣着，情绪相当激动，我觉得，是因为那段几乎褪色了的记忆——我弯腰拾起了报纸。

引起骚动的是一篇文章，其中扼要叙述了最近一些未破的罪案。

关于克里斯托弗的谋杀案，上面写道：

> 此外，年轻男子克里斯托弗·奈特在杰明街的房间里被谋杀。这起案件阐释了妨碍警方的过时法律。几个月前，我们得知警方正在追踪凶手。直到今天，我们听说他们仍在追捕那个杀人犯。从以往的经验推断，这意味着他们锁定了目标，却不敢实施逮捕。

"我们不建议在这个国家使用三级措施，但是——

我仔细地把纸折好放在桌子上。

"这是一些诚实挣钱的记者。"我说道，"西尔维娅，不要为此烦恼。你们需要明白，我们不必去经历那种折磨，比如知道有人会因克里斯托弗之死而被绞死。"

"但应该有人为此被绞死。"萨默顿夫人坚定地说道。她一度忘记了最重要的事情是安抚西尔维娅。

"没错，"我说道，"但是，想想我们的感受。尽管追捕可能是正义的，然而，这件事距今已经太长时间了。警方一定会说些什么来掩盖他们的失败，才说他们仍在追踪罪犯。我敢打赌他们永远抓不到他。"

幽 灵

"为什么把这里叫作奥斯蒙德爵士房间？"当我把年轻的威瑟豪斯领到波顿大厦，走到分配给他的卧室窗前时，他提出了疑问。

我本想告诉他，从那特别的窗口可以望到壮丽的景色，他的问题却打断了我。

"很久以前，有个叫奥斯蒙德爵士的人住在这儿。"我告诉他，"他是我一个堂兄的外祖父。快来看风景！"

他走到窗前，我花了几分钟向他介绍各种美丽的景色。窗户位于西塔楼的高处，我认为从这里可以俯瞰整个地区最美的景色，可见五英里外被茂密的树木覆盖的山谷，还有远处波光粼粼的大海。

175

但是，年轻的威瑟豪斯对这里的景色并不感兴趣，他的心思还在这间屋子的名字上。

　　"是的，风景宜人。"他漫不经心地朝大海瞥了一眼，表示同意，"你刚才说奥斯蒙德爵士是怎么回事？他做了什么？为什么还要用他的名字来命名房间呢？请告诉我。我是不是太过好奇了？这个古老的地方勾起了我的想象力，如果有什么与它有关的传说……"

　　"奥斯蒙德爵士的故事还不够久远，还不能成为一个传奇。"我告诉他说。"这甚至还算不上是一个故事，"我补充道，心想着，我必须小心，不要说得太多，否则我可能会让这个年轻人的父亲走上发掘真相的正道，"它甚至不是一个故事，因为它没有戏剧性的特征，只是个事件。"

　　我在想西德尼是不是他父亲的心腹，可能是教授让自己的儿子来调查我的家族史。

　　从下午早些时候，教授和大部分客人抵达后，我几乎没有见过他。但我毫不怀疑，我会经常见到他。我们回到伦敦那天，萨默顿夫人向我透露的信息，表明了教授十足的决心。我不知道他会采取什么方法来重新展开他的调查。

　　"跟我讲讲吧。"年轻的西德尼带着微笑说道。

　　"可是，你就要在这房间睡觉了。"我回答道，想到要让他汗毛竖起，我感到一种无情的快感，"也许，在你离开之前，我最好什么也不说。

如果你知道真相，可能你就不想睡在这儿了。"

"哦，别怕！"他喊道，"我不——我不相信有鬼，如果你是这个意思的话。"

"我就是这个意思，"我告诉他说，"据说，这个房间闹鬼。"

一股恶作剧的情绪涌上我心头。"如果他们想听一些关于幽灵的事情，"我在心里自言自语，"我没有理由拒绝他们。他们需要调查所依据的事实吗？好的！我会给他们一些东西。我可以编几十个关于幽灵的故事，谁都做得到。没人能证明或反驳这些故事。"

"真的闹鬼吗？"他问道。尽管之前表现得很自信，他的脸色开始变得严肃起来。

"是的，"我接着说，我的表情和他一样严肃，"至少，故事是这样的。这样的故事通常是有一定根据的。"

"他被什么鬼缠住了？那鬼是什么样子的？"

"这不好说，在我有生之年，它从未出现过。当然，自我有记忆起，这房间还没人住过。事实上，"我瞥了他一眼，看他对我的话有何反应，接着说道，"自从奥斯蒙德爵士被杀以后，就没有人用过这个房间。"

我希望自己没有表现得失礼。但我觉得，这么长的时间里，奥斯蒙德爵士的死——就其作为幽灵活动的实例而言——几乎可以成为传说。无论如何，我确实想给这些调查人员——威瑟豪斯教授和他的儿子———一些值得思考的东西。我并不担心他们能发现什么有价值的事。

"自从奥斯蒙德爵士被杀以后！"年轻的威瑟豪斯惊恐地应声道。

"是的，他被扔出了窗外。"我故意装出一副漫不经心的姿态说道，仿佛这种事是家常便饭似的。

"噢！"

"他们是这么说的，"我继续说道，"当然，这并不意味着是鬼把他扔出去了。但是，肯定没人知道是谁把他扔了出去。此外，在奥斯蒙德爵士前面还有一个案子，"我告诉他，并开始发挥我的想象力，"一位叫沃特金斯的律师，你明白的，那是在马车时代，他因公出差，在一个暴风雨的夜晚，他不想回家，所以就留下来过夜，睡在这个房间里，睡了他在这个世上的最后一觉。"

"你别说了！"年轻的威瑟豪斯惊叫道。

"是的，根据一代又一代传承的哲理，"我一边说着，一边转身要离开他，"当你准备好了，你就会找到自己的路，不是吗？"

"可你的意思是，"他说道，把我挽留住，"自从某某先生之后，就没有人在这房间里睡过觉了吗？"

"是的。你看，上一代人比我们还要迷信。现在的我们不相信那些无稽之谈了。怎么了？你想换房间吗？如果你想，就说一声。"

尽管现在是白天，我跟他说的话对他产生了影响，他精神上的恐惧比身体上的恐惧更强烈。他不敢承认他在害怕。

就我而言，我并不责备自己利用了他的敏感。

这房间本身没有什么特殊力量，只有在奥斯蒙德·加威爵士"越过窗户而死"这件事上，才与悲剧联系在了一起。他可能会通过大楼里的任何一扇窗户做同样的事。作为一个房间，它是完全无辜的。关于律师沃特金斯的故事，就像奥斯蒙德爵士死后那间屋子从未有人睡过的说法一样，不过是虚构出来的佐证细节。我不知道后来是不是有人在这房间里睡过。

不过，如果他们是在找幽灵，我想最好还是调动他们，让他们的调查工作更振奋一点。

我本不应该费事去讲述我和年轻的威瑟豪斯的这次会面，但事实上，这次会面的结局令我特别不安。

现在是星期六的上午。在过去一两个月的零星时间里，我一直在写这个手稿，我现在更新了一些内容。它是否会被公之于众，我不知道。但它所围绕的事实颇有深意——至少对我来说是如此——这些事件中有一定的必然性，使我认为，危机迟早会来，谜团最终会被解开。

昨晚，大多数客人都很早离场了，至少所有的女士们都是这样。到了十点半，我们几个男人在台球室结束了晚上的活动。

我没有玩。而且，没有人认真对待进行中的游戏——甚至连两名玩家也不把它当回事，他们的击球经常被打断，这样他们自己就可以随兴地谈话了。

　　就在这愉快的一天即将结束的时候，我注意到年轻的威瑟豪斯不见了。一想到他，我的思绪就回到了那个下午，为了吓唬他，我给他讲了他那间卧室闹鬼的故事。我突然为他感到难过，觉得得上楼，到他的房间里去看看情况，也算是一种仁慈。

　　于是，我溜出台球室，走上了主楼梯，然后沿着各种走廊，不断攀爬，来到了西塔楼。

　　我一边走一边想，也许我真的有点吓着那个年轻人了。到达西塔楼之前，我必须要经过许多幽暗的、回音缭绕的走廊，这些走廊本身就足以让人感到不安。当超自然的故事使人的感情更加敏感，恐惧更加强烈时，要在波顿大厦那个偏僻的角落平静地度过一个夜晚，的确得有勇气才行。

　　我想告诉他，我们已经更换了他的房间——如果他还没有上床睡觉的话。只是因为这地方人满为患，奥斯蒙德爵士的房间才被启用了。但我毫不怀疑，即使是在这么晚的深夜，还是能找到另一个空房间的。走廊里阴森森的气氛开始使我不安，每过一秒钟，我就愈发为年轻的威瑟豪斯感到难过。

他的房间空着。我先敲门，没有人回答。然后，我推开门，打开灯，环顾一下房间，知道他还没有上楼来睡觉。

我关了灯，又合上门，这时我想起了那扇窗户。自从梅克皮斯告诉我那场六十年前的悲剧后，这间屋子的窗户对我来说意义重大。

就像那天下午一样，窗户被掀了起来。这个房间偏僻的位置，阴森的走廊，还有我自己讲过的关于这个地方的故事，都深深地影响了我。我忍不住往外望去，看看一切是否都正常。我不知道自己是不是想看到，年轻的威瑟豪斯的尸体一动不动地躺在下面的砾石地上，但我知道我确实向外看了看，看到没有发生任何事故，我松了一口气。

我站了一会儿，眺望着月光下宁静神秘、一直延伸到大海的山谷，然后，我的注意力被下面草坪边上的动静吸引住了。

有两个人影朝房子走来。他们被从砂砾边缘伸出来的树枝遮住了一部分，但我能看出那是一个男人和一个女人，而且我看到他们紧挨在一起散步。

我正要离开，我们的一些客人在月光下求爱，这与我无关。但我被镇住了，因为在那一刻，这两人停下来，转过身，面对着对方，我看到他们是西尔维娅和年轻的威瑟豪斯。

他们在说话。至少，西尔维娅在说话，但我听到的只有她那柔和的呢喃。接着，我看见威瑟豪斯看了看表，转过身来，仿佛要穿过砾石路向房子走来。但西尔维娅抓住他的胳膊，又拖了他半分钟，那柔和的低语继续传到我耳中，声音模糊得令人发狂。

我不知道我当时是怎么想的。但就在那一刻，我脑海里浮现出千百个情景——西尔维娅对我冷淡的情景，我原以为这种冷淡是她含蓄天性的一部分；她对我们的婚姻和未来缺乏热情的情景；她对现在正和她谈话的那个年轻人兴趣日增的情景。

我简直控制不住自己。我和他们隔得这么远，也许是幸运的。因为，当我第一眼看到这两个人在一起如此亲密时，我能想到的只有一件事，那就是把他们俩都彻底毁灭。

我从窗口转过身来，飞奔下楼。我没有走主楼梯，而是走了塔内不常被使用的弯弯曲曲的楼梯，本能地决定抄最近的路下去。

下楼的行程并不短，我有时间对自己进行自我审视。在我看来，这两个人之间完全有秘密的阴谋。但事实是，即使在我混乱的思想中，我也在寻找其他的解释。如果这件事无关西尔维娅的爱，我可能就会一时冲动，草率地把事情解决了。但当它触动了西尔维娅对我的爱时，我的整个本性都抗拒自己亲眼所见的证据。我不愿相信我所看到的。

当我走到旧楼梯的底部，打开通向砾石路的厚重大门时，西尔维娅和威瑟豪斯正沿着台阶向大厅走去。他们现在分开走着，一副漫无目的、天真无邪的样子在谈话。

我没有露面，一直等到他们俩都进了屋，才慢悠悠地绕到前门。当我到达大厅时，他们俩都不见了。我猜想他们已经上楼去了。但我偶然朝台球房一看，发现年轻的威瑟豪斯已加入了那里的群体。

"你看见我的妻子了吗？"我问他，尽我所能地漫不经心。

"啊！看见了。"他回答道，坦率的语气使我完全放下了戒备，"她刚回自己房间去了。"

"她觉得外面冷吗？"

他惊讶地看着我。

"在外面的草坪上……"我接着说，正要告诉他我所看到的，这时两个家伙打断了我们的谈话，他们邀我一起打球。

我拒绝了。我想尽快解决这件事。但是，我还没来得及说话阻止，年轻的威瑟豪斯已经接受了挑战，加入台球比赛。我暗自生气，尽管心绪不宁，但我不能在这么多客人面前做什么。

我离开房间，冲到楼上西尔维娅和我住的卧室。

我进去的时候，她正站在窗边，一直裹在她身上的披肩从肩上滑了下来，落在脚边。

我进门时，她转过身来，对我礼貌地微笑，那笑容似乎隐藏着很多的东西，然后又转过头去，凝望着外面的情景。

那时，我很想什么都不说。也许我想象的比实际发生的要多。用冷冰冰的语言暗示她对我不忠，就等于毁掉我所拥有的一切幸福。如果她是忠诚的，我的指责将是不可原谅的侮辱；如果她是不忠的，一句话就会使她警惕起来。我一直觉得自己没有力量留住她。她成了我的妻子，因为她选择做我的妻子；我成了她的丈夫，因为我被她的绝世美貌迷住了。但和她在一起，我总觉得，对她来说，婚姻是理智的，而非情感的。既然如此，我犹豫了。

"西尔维娅，"我终于开口，"我刚才看见，在树下，和西德尼·威瑟豪斯在一起的是你吗？"

"是的。"她说道，并未转过身。

一阵沉默过后，我看了看她的背，几乎裸露到了腰部。

"我没看见你。"她说道，仍然没有回头。

"是的，我想你没有看见我。"我说道，"我在楼上卧室的一个窗户边。你不认为在大多数客人都已经上床睡觉的时候，跟一个男宾在院子里闲逛是相当——相当不得体的吗？"

她没有回答。

"尤其是手挽着手。"我补充道。

她仍然没有回答。

"你能否告诉我，"我继续说道，声音显得吃力，"你们在谈什么吗？你似乎有很多话要说。"

这时，她转过身来，尽管我们之间的距离几乎是房间的宽度，我还是往后退了一步。

她脸色惨白，眼睛由于强烈的情感而变得敏锐，用一种刺人的轻蔑目光看着我，我一时完全吓呆了。

"我告诉他我是多么的痛苦，我就是这么告诉他的。"她厉声对我说道，"我告诉他，我在市场上被卖给了一个出价最高的人，而出最高价的人，碰巧是那个自鸣得意、装腔作势的马丁·斯特兰奇。我就是这么跟他说的。"

"西尔维娅！"我震惊不已地叫喊道。

"别否认！"她指着我说，这时她的脸因气愤而变得通红，"你质疑过我的行为。现在，我要质疑你的行为……你千方百计地讨我姨妈的欢心，像个卑鄙小人一样地讨她欢心，迫使她同意了我们的婚事。别说你没有！直到你堂兄去世的那天，你才提到结婚，你是在我神志不清的时候问我的，那时的我正受着你堂兄去世的打击。之后，你让我遵守诺言，或者说，是你让我姨妈叫我遵守诺言，这就更卑鄙了。你知道我没有钱，我不能违抗姨妈……你一定知道我不喜欢你，我从未刻意隐瞒。你一定早就知道了……你坚持要买我。我的姨妈从不承认这事有多卑鄙。她说克里斯托弗死的时候，你是我的好朋友，一个非常好的朋友！你做的不比别人多，但像你这样的人会利用这种机会。

直到你得到了你那可怜的财产，你才认真地跟我姨妈谈。我姨妈抵挡不住诱惑，英国最富有的人之一！"

"西尔维娅！西尔维娅！"我喊道，打断那汹涌而来的痛苦，"你疯了。我向你保证，你说的每句话都不是事实。我向你保证，我一直以最审慎正直的态度行事。我不知道你是被迫结婚的。"

"审慎正直的态度！"她叫道，轻蔑的语气比以前更强烈，也更尖刻，"你站在花园巷那间小书房门外偷听，难道这是证明你审慎正直的实例吗？别否认，我看到你了。我看见你踮起脚尖走回大厅，假装刚到。"

"但是，西尔维娅！"我开始喊道。

"你的审慎正直到此为止吧！"她继续说道，气得我哑口无言，"然后，你带我到国外去，我讨厌在那里的每一分钟。你的财富为我们招来了许多朋友。他们奉承我，宠爱我，因为我是英国富豪的妻子。你在我身上花了数千英镑，每一英镑都是一种侮辱。你以为——"

"但是，西尔维娅！"我说，试图止住心中的痛苦。

我不知道自己是否完全理解了她的话的意思。面对这突如其来的爆发，我倍受惊吓，以致完全感觉不到那即将袭来的孤独凄凉。

"不要一直说'但是，西尔维娅'！"她叫道，"你质疑我的行为。你竟然厚颜无耻地问我，跟我们的客人在院子里散步是否得体。如果我早知道你在监视——暗中监视——我本该给你点东西看看。现在一切都讲开了，我也就不在意了。我一直在顾及姨妈，但是，**现在我不在乎她说什么，我不在乎别人怎么想**。西德尼向我求婚，就在你向我求婚之后不久。可是我姨妈不同意。西德尼不是英国**最富**有的人之一。"

我大步穿过房间，抓住她的手腕。

"现在听我说。"我说道，心中突然涌起一股莫名的愤怒。我被她说的那些不公正的话语激怒到忍无可忍。我想要动摇她，迫使她相信，我不是一个利用意外财富获得爱情的人，向她证明她错判了我。

她那非凡的美貌从来没有比这一刻展现得更淋漓尽致。她眼中闪现的灵气更增强了这种感觉，这使她比以往任何时候都更具有吸引力。我认为，我必须使她认识到自己的错误，认识到我的一切行为都是光明磊落的。

她没有退缩，她冷漠地站在那里，并没有完全违抗我，因为她的怒气已经平息，脸上的红晕也已消退，双眼垂向地面。

"你弄疼我了，"她平静地说道，"别抓得那么紧。"

我松开了她的手腕。她转过身来，走了一两步，在她的梳妆台旁坐了下来。当我看着她整理着各种刷子和瓶瓶罐罐时，不禁想到她那非凡的自控力。

要不是我偶然从楼上的窗口看见了她和年轻的威瑟豪斯，她刚才向我一吐而出的话语，我可能连十分之一都不会在此生听到。这几个月来，她一直控制着自己的感情。这太令人震惊了！她发现我在偷听，却从来没有暗示过我。她对我的看法——虽然有误会——已经差到了极点。然而，她却把这一切都隐藏起来了。环境迫使她接受了我，她自己也接受了我。她把一切都锁在那冷酷美丽的外表后面，直到我的一句话打破了她的沉默，把整个痛苦的真相暴露出来。

"你完全误解我了，西尔维娅。"我对着镜子里的她说道。

"我想我没有，"她说着，平静地拧下瓶盖，"无论怎样，我都不想听你说什么了。"

"但那样不公平，"我反驳道，"如果你愿意听我解释……"

听了这话，她站起来，迅速转过身，双手握紧于胸前，脸上流露出愤怒的忍耐。

"哦，走开！"她尖叫道，"我对你说了这么多，你还让我听你的话？走开！你知道真相，你所有的解释改变不了事实。"

是的，真相。这是唯一重要的事。她对我的判断是错误的，这无关紧要。唯一重要的是她爱上了别人，世界上所有的谈话都改变不了这一点。

就在那时，我感到彻头彻尾的孤独凄凉。

没有什么可说的了。我往后退着离开她，向更衣室走去。我每退一步，都无可避免地离世界上我最爱的人远一步。

我没有说话，我说不出话来，我被这难以言喻的残忍整得头晕目眩。

更衣室里有一张沙发。我看了看那张沙发，这就是我，著名的西尔维娅·弗农的丈夫，沦落到的地方。

我呆坐在那里很长时间，没法立刻意识到所受打击的全部威力。

说来也怪，我的情绪并未指向年轻的威瑟豪斯。我几乎没有想过他要对所发生的事负责。他是否应该对此负责有关系吗？最重要的事实是，西尔维娅对我产生了一种强烈的、毫无道理的厌恶。我全部的情绪都指向了她，指向了她的不公正，指向了所有的争论都是徒劳的这一残酷事实。

夜里我醒了，从沙发上一跃而起。

我躺在那里几个小时，试图充分领会我所感受的一切痛苦，但最后我睡着了。突然间，我完全清醒了，在我意识到发生了什么之前，我已在西尔维娅的房间里。这召唤如此令人震惊，以至于我都不记得自己是怎么从沙发上下来的。

西尔维娅以一种极度恐惧的姿态，蜷缩在房间那头的墙边。月光透过窗户映照着她，我甚至可以清晰地看见她眼中的恐惧。

现在她沉默着，但我知道是她的尖叫把我惊醒的。我仍能在脑海中听到那尖叫声的回音。

我立刻来到她身边，把她抱到床上，她突然大哭起来。

这时，房子里已经有一两个人被吵醒了。我听到外面走廊里有说话声，然后卧室门上传来了敲击声。

"你们没事吧？"有人问道。

"怎么了？出什么事了？"教授的声音说。

"西尔维娅，亲爱的！"萨默顿夫人恳求道，"究竟发生了什么？我可以进来吗？"

似乎这个地方的每个人都被唤起了。

我看着西尔维娅，她从头到脚在发抖。我从来没见过有人歇斯底里发作，但我猜想她是病了。她的手不停地在动——一会儿捂着脸，一会儿又掐着喉咙。她继续号啕大哭，哭得很厉害，肆无忌惮。

"你为什么不让他们进来？"她突然问我。

"可是怎么啦？"我问道，"发生什么事了？"

她没有回答，只是脸朝下扑倒在床上，她的呜咽变成了抽泣。

我拧开灯，打开门，迎接我的是一群惊恐的面孔。

萨默顿夫人从我身边挤了过去，后面跟着威瑟豪斯教授和格兰杰医生。格兰杰医生的房间几乎就在正对面。他们没有必要征得我的允许就可以进入。我脸上的表情显然表明，现在不是拘泥于礼节的时候。

格兰杰医生立刻接手了这个病例。此时的他没有浪费时间去询问西尔维娅，而是用自己最熟悉的方法，首先成功地使她安静下来。

这需要花一些时间。就在我站在一边的时候，我第一次产生了一种可怕的怀疑。

夜里早些时候，与西尔维娅发生的争吵，以及随之而来的彻底的精神死寂，让我的思绪远离了过去曾两次控制我的那股奇怪的力量。但现在西尔维娅恐惧的眼神让我想起了克里斯托弗·奈特死后的脸，我曾经看到过相似的表情。我颤抖了。我害怕西尔维娅能够说话，说出所发生的事情，唯恐她的话会证实我可怕的怀疑。

格兰杰医生转向我，低声说话，不时地看一眼西尔维娅，她现在正抱着萨默顿夫人，带着恐惧的表情盯着上空。

"她受到了某种可怕的惊吓，"他说道，"发生什么事了？"

我告诉他，我不知道。我说我一直躺在更衣室的长沙发上，不想上床睡觉，在长沙发上看了一个多小时的书，在那儿睡着了，然后，被她的尖叫惊醒。即使在那一刻，在西尔维娅的精神状态看起来岌岌可危时，我也不得不隐瞒我在更衣室里的真正原因。

他回到西尔维娅身边，试图劝她躺下。

但她不愿意。她瞥了一眼枕头，打了个寒战，突然惊叫道："哦，太可怕了！太可怕了！这是我见过的最邪恶的脸！"

"你是在做梦。"我说道，但我知道她不是在做梦。

我看见教授瞥了我一眼。我想知道他在怀疑什么。如果他真像我所相信的那样在寻找幽灵的踪迹，那么他很幸运地找到了，这里有可供研究的第一手现象。

"有可能！"医生说道，"尽管我认为在梦里也不会有这样的经历。你说你看到了一张脸，那是你认识的人的脸吗？"

她摇了摇头。

"哦，不！这太可怕了。那不是一张人脸。我无法想象一张人的脸会如此——如此兽性！"

"你是在做梦。"我说道，又看见教授瞥了我一眼。

"它离我很近。"她接着说道，打了个寒战。"我知道我不是在做梦，"她看着我，生气地继续说道，"我能看到房间——还能听到钟的滴答声。"

"嗯，好，没关系！"格兰杰医生说道，"现在别担心了，明天早上告诉我们吧，到那时你就会好起来的。"

我说我愿意坐着陪她，但她坚持要姨妈陪着她，她坚称那天晚上她不会再睡了。

随后，我们离开了她们——西尔维娅、萨默顿夫人，还有一个悄悄出现的女佣。当教授、医生和我去与那些还在走廊里顽强等候的人会合时，她们正在谈论一些茶会的事。

后来，我漫步到这个我称之为书房的房间。睡眠不适合我，我的头脑一片混乱。孤寂、恐惧、神秘！为了我自己的理智，我坐下来，在手稿里增加了这一章。只有强迫自己从事一些脑力劳动，我才能避免胡思乱想。

天知道我有多焦虑！

我失去了西尔维娅，而且，似乎这还不够，幽灵又回来了。

毫无疑问，我的敏捷救了西尔维娅一命。可是，今天晚上，明天晚上，还有其他所有的晚上呢？

我有点想把一切都告诉教授。

画　像

星期六晚，格兰杰医生和教授告诉我，他们打算坐陪西尔维娅，一起度过今晚。我没有什么可反对的，西尔维娅在医生手里，我不可能反对他采取的措施，这么说并无冒犯之意。我相信，他们即将揭晓这个家族的秘密了。

也许，我不应该在乎他们是否会发现。如果我失去了西尔维娅，其他什么都不重要了。昨天晚上的彻底绝望已然消散，取而代之的是我还能把她找回来的渺茫希望。我拒绝接受失败，今天，我却又遭遇了一次失败。或许，过一两天，她会对我有好感的。等她恢复了常态，她一定会发现自己待我极其不公平。我虽不能强迫她爱我，但仍有希望说服她继续做我的妻子。我不介意低声下气，我不介意利用她的怜悯，只要我能留住她，用什么办法都无妨。正因为我带着这份希望，我像往常那样强烈渴望着，他们不该了解我的家族诅咒，如果他们发现我与魔鬼结盟，就相当于——终结了我的希望。没有希望，一切将不复存在。

今天早饭后，我决定和年轻的威瑟豪斯说几句话。

经过一夜的骚动之后，早餐显得相当随意。大部分的客人没有理会日程安排。因此，我能在不妨碍当天活动的情况下，轻而易举地将年轻的威瑟豪斯拉到一边。

我把他带到书房。

在路上，我们遇到了正在下楼的西尔维娅和萨默顿夫人。两位女士看上去都睡眠不足，但西尔维娅显然已从昨晚的震惊中恢复。

萨默顿夫人告诉我们，医生建议西尔维娅上午卧床休息，但她断然拒绝了。

"哦，我必须起来走动走动。"西尔维娅说道，"我很好。他们在说我看见鬼了。一派胡言！"

"但这是你自己说的，亲爱的！"萨默顿夫人说道，"你昨天晚上说过。"

"哦，我对昨晚说的话无须负责！"西尔维娅惊叹道。然后，她转向我，继续说道："至少，我不用为我醒来后说的话负责。"

萨默顿夫人笑了。

"我们很明白，你对之前所说的话负有责任！"她说道。

毫无疑问，萨默顿夫人不可能知道，西尔维娅显然没必要提及她睡觉前说过的话，这话是对我说的，为了向我表明，她对我的看法没有改变。

也许是我的某些举止，让她感到有必要提醒我。她和姨妈转身走向餐厅时，看了我一眼。尽管这一眼让我很泄气，但我不会放弃希望，我要再和她谈一次，把我的理由讲清楚。

然而，在早餐室外面的那次偶遇，使我更加渴望把年轻的威瑟豪斯一劳永逸地解决好。

我把他领进书房，动静很大地把钥匙插进了锁里。

"现在，年轻人，"我请他坐下后说道，"我要和你谈一件非常私人的事情。我想知道你和我妻子昨晚在外面干什么。"

我想我之前说过，年轻的威瑟豪斯不是一个积极主动的人，他的生活完全受环境的支配。他非常规矩，非常诚实，一点也不惹人讨厌。在这些问题上，他是教科书级的模范。我都怀疑，他一生中是否做过任何有新意的事。他乐于循规蹈矩，遵守准则，但谁也不指望他能自己掌控生活。我非常惊讶地发现，正是他参与了西尔维娅的轻率行为。

"我们在谈话。"他说道。

"我知道。"我告诉他，"你们在谈什么？那是我想知道的。"

"如果我拒绝告诉你呢？"

他言辞有力，但我看得出他很震惊，很怕我。

"你不告诉我，我就不放你出去。"我说道。

"别傻了！"他叫道，用手指拨弄着香烟，显得很不自在，"你妻子告诉我一些无关紧要的事，可不是我的错，对吧？"

"这就是你的态度。"我冷笑着说道。"这不是你的错，是吗？"我嘲笑道，"但你听了她的话，这就是你的错了。而且，无论如何，没有他人鼓励，她是不会说那些话的。所以，她告诉你她不快乐了，是吗？"

这使他大吃一惊。

"她为什么要告诉你呢？"我问道。

"我很确定地告诉你，我也不知道。"他说道，"或许是因为我曾向她求过婚。可能她认为，她需要人同情，她能得到我的同情。这是我唯一能想到的了。"

"你说你向她求过婚？"

"嗯，事实上，当时你我都求婚了。"

"你昨晚说什么了？"

"我拒绝告诉你。"

既然我们已经深入问题的核心，他又兴致勃勃地打开话匣，我并没有因为他的断然拒绝而气馁。

"你的意思是，如果情况允许的话，你的求婚可能仍然有效。"我冒昧地说道。

"不。"他喊道，"这正是我想阻止的事情。"

"哦！"我说道，"所以是她在暗示，这个求婚可能仍然有效！"

他沉默了。我明白，我已经发现了真相。

我本可以在他坐在那里的时候就地杀了他。我毫不怀疑，他是完全无辜的。或者，更确切地说，我相信无论他多么爱西尔维娅，他也永远无法鼓起勇气，为了得到她而超越传统的界限。他对我来说没什么好怕的。他永远不会夺走我的妻子。然而，他却是她所爱的人。令人惊讶的是，像西尔维娅那样充满活力的女孩，竟会爱上威瑟豪斯这样一个性格被动的人，但这毕竟是事实，这也是我必须面对的事实。只要他还活着，我就不可能再打动西尔维娅了。

如果我昨天晚上没有说话，她就不会表露感情，我们或许会一直过着一种虚幻的生活——对我来说，是无比令人满意的虚幻——永远这样下去。年轻的威瑟豪斯绝不会积极参与任何破坏活动。但是，现在事情已经大白于天下，西尔维娅不会再像以前那样了。

我坐在这个男人面前，他的沉默等于在证明我的妻子有过错，我思考着:这个男人,尽管他本意高尚,实际上却破坏了我与妻子的关系。他没有利用他的立场,但这对我来说无关紧要。他性格被动,不可能破坏我们的关系。但我知道,既然整个事情已经公开化了,如果他愿意追随西尔维娅,她会毫不犹豫地跨越传统的界限。

所以,我本可以在他坐在那里的时候就地杀了他。

当我知道我与魔鬼结盟时,我从未想过我应该感到高兴,但那一刻我很高兴。

我的所有本能都想着去扑向他,把他的灵魂送进地狱,但我克制住了自己。我尽量不去想,他是那个夺走我美好快乐的人,与西尔维娅有关的一切美好快乐。我尽量不去想那件事,我知道,如果让我的嫉妒情绪泛滥下去,会有什么后果。但这是没有用的,我无法抑制对他的仇恨。我所能做的就是不让它显现在我的脸上。

我知道年轻的威瑟豪斯会死,就像克里斯托弗·奈特和我的堂兄一样。我没有责任,我无法阻止诅咒显灵。如果那个诅咒——或者说昨晚西尔维娅看到的幽灵——持续不断地发挥作用,那么我确信,年轻的威瑟豪斯注定是另一个受害者,因为他介入了我和西尔维娅之间的关系。任何介入西尔维娅和我之间的人都不能逃脱,甚至是西尔维娅自己,当她藐视我的爱时,也唤醒了幽灵。

"谢谢你告诉我这么多。"我说道,竭力保持镇定,"我知道这不是你的错。你没有什么可自责的，一点也没有。"

我边说边站了起来，他也一样。

"我很高兴你能这么想。"他说道。

"我只能这么想了。"我告诉他，"我不能责备你爱上我的妻子。请原谅我对你说过的任何诋毁的话——你知道的，一时的冲动。"

这些话说得很顺口。我完全控制住了自己，意识到我不能和他争吵。因为如果人们发现他在和我争吵后突然死了，那我就可能被怀疑犯了谋杀罪。

我没有听到他的回答。我的注意力转向了这件案子的另一个方面。我追问自己，我究竟是不是一个杀人犯？我不应该警告他，他的末日即将来临吗？知道他明天早上就会死，我还能让他在楼里那个偏僻的地方睡觉吗？

是的，我能。我已经这样做了。当我坐在这里写手稿的时候，他已经在床上躺了一个小时了。

今天的大部分时间里，我都在为这个问题担心。而我什么也没做，我无能为力。昨天下午，我警告过他，那个房间闹鬼，这样或许能帮到他。

我无法向任何人解释整件事。人们可能不相信我，确实如此。但是，如果他们真的相信我，就会把我关起来，他们甚至可能会毁灭我，因为，社会是不会允许像我这样拥有超能力的人逍遥法外的。我无能为力。

有一件事我可以试着去做。我试过了，但没有成功。我尽量不去嫉妒他。这就好像我也可以试着不感到饥饿或口渴一样。西尔维娅那双美丽的眼睛在我脑海里一闪而过，让我痛苦地想到，她眼睛里的光芒不是为我，而是为他而生——这足以使我的血液在血管里沸腾，唤起我原始的杀戮本能。

我甚至还没有告诉梅克皮斯。

我们从书房出来后，我在大厅里等着，因为我知道西尔维娅还没有用完早餐。我没有等太久。她再次出现时，身边多了一群友善而又好奇的人，他们渴望获得关于幽灵的第一手信息。

尽管如此，我还是把她拉到一边，强行要求和她单独谈半个小时。她大概明白，她终究要听我说这些非说不可的话，除非她打算立刻断绝跟我的一切往来。她同意了。

我们漫步上楼，来到第一个楼梯平台，我打开通向画廊的门，那是离我最近的一扇门，把她领了进去。

她沿着狭长的房间走了一段路，然后停了下来，转身对我说："怎么了？"

她的态度让人泄气，但我没被影响。我只是被她的巨大魅力所吸引。她被称为英国最漂亮的女孩之一，绝非是虚名。她对自己的名声毫不在意，这让她更具魅力。

她站在地板正中央，淡漠地等我开口。我看着她灰色运动裙和夹克下的玲珑身材，每时每刻都有一种强烈的欲望，想上前两步，消除我们间的距离，将她拥入怀中。

最终，我开口说话了。我没有必要重复已说过的话。我为自己的情况辩护，就像在为我的生命辩护一样。事实上，我正在祈求一些比生命更重要的东西。我否认和萨默顿夫人之间有任何阴谋。我坚持说，我从来没有想过用我的财富来支持我的求婚。我告诉她，如果还能拥有她，我将立即放弃我所拥有的一切。当萨默顿夫人和威瑟豪斯教授在门外谈话时，我解释了自己在门外偷听的原因。我解释道，我碰巧听到教授请求萨默顿夫人阻止我们的婚礼。我觉得，这能充分解释我为何偷听他们谈话。

但是，在我激动地申诉时，她始终无动于衷。她不会怀疑我的真诚，她能意识到，她对我所有的攻击是不公平的，但她没有收回一个字。最盲目的莫过于不愿直面的人。

"那你现在打算怎么办呢？"当我完成申诉后，我问她。她保持沉默。"你不会是想和那个没骨气的年轻人私奔吧？首先，他没有勇气逃跑。"

她没有回答，她的目光从我身边掠过，显然决定不让我从她嘴里听到一句评论的话。

"如果你想让我离婚，"我接着说道，"那你可要失望了。"

我不知道自己为什么要费心去谈未来。

我知道年轻的威瑟豪斯就要死了。她还是没有回答，眼睛仍然掠过我，目光集中在一个地方。

"西尔维娅！"我叫道，"你听见了吗？"

显然，她没有听见。她不理睬我，慢慢地朝她凝视的方向迈了一步，身子向前弯着，眼神充满恐惧，就像我在卧室里发现她蹲在墙边时看到的那样。

我迅速转过身去，想看是什么在影响着她。

"就是这张脸！"她指着其中一幅肖像叫道，"就是昨晚我看到的那张脸！"

她转向我，疯狂地抓住了我，她紧紧地抱住我，把脸埋在我的胸前。我们忘了自己是为何来到了这里。

"那是梅德·罗德里克。"我边说边看着画——这是一幅小而非常古老的油画，画的是我的一位祖先，"那是梅德·罗德里克，他肯定会让所有人都做噩梦的。"

尽管我努力用轻描淡写的口吻说着，但是，我几乎和她一样被深深影响了。我从来没有想过把我的祖先与幽灵联系在一起。我的认知又进了一步，但这一发现让我感到异常地震惊。所以，是梅德·罗德里克，是他的灵魂在这世界游走。我想，西尔维娅的发现或许能让教授找到真相。

"别傻了，西尔维娅，"我说道，"你只是在做梦，你知道你只是在做梦。"

我能感觉到，她在我的怀抱里颤抖。

"我的确说了我是。"她抽泣着说道，"我后来是这么说了，但当时我知道我不是在做梦，这太真实了。"

"不，不，"我坚持说，"你一定见过这张画像，或许并没有特别注意，那张脸的表情已经深深印在你的记忆里了，你梦到了它，仅此而已。"

她仍然紧紧地抱着我，转过头又看了看那幅画。

正如我告诉她的那样，这幅画足以让任何人做噩梦。关于这幅画像的真迹，没有确凿的记录，但从画像的面部表情中，我们可以了解到足够的信息，从而对画像背后的人物形象进行勾勒。尽管这些特征与我们家族每个成员的特征都很相似，梅德·罗德里克这幅画像展现的是一种纯粹的疯狂。我不知道这幅画是怎么画出来的。这位画家不为人知，但我可以想象，在他接受委托画这幅画像之前，处境一定很艰难。我也能想象，梅德·罗德里克一定很喜欢把自己的脸扭来扭去，以便表现出最令人毛骨悚然的疯狂。

这就是我们伫立凝视的画像。

"但是，"西尔维娅突然说道，"我不可能看到过这幅画像。我以前从没来过这里，你领我参观时，我们只是从门口往里看了看，我说我等以后来看这些画像。"

我对此无话可说。我断言她昨晚一直在做梦，这是无法证实的。

她依旧抱着我，脸色苍白，表情透露着难以理解的恐惧。

不幸的是，我的恐惧没有她的那么强烈。我已开始习惯围绕幽灵思想。至少，我已经克服初次面对另一个世界的阴暗势力的恐惧。有些事比揭开梅德·罗德里克的真面目更能打动我。我怀里抱着西尔维娅，这是最重要的事实，我过去都是为了赢得她，才忍受了那么多的恐惧。

"我会把这幅画毁掉，这样你就不会再做噩梦了。"我不确定地说道，"同时我等待着你给我答复。"

这些话打破了魔咒，把她带回了现实。她意识到她正紧抓着我不放，便挣扎着，想挣脱出来。但我紧紧地搂着她，将她贴在我的胸膛上，强迫她抬起头来和我对视。的确，这很疯狂。我多少明白，像昨晚那样对我说话的那个姑娘是不会忍受这种待遇的。但我没有放开她，我一遍又一遍地吻她，她拼命地想挣脱。然后，她挣脱了，从房间里逃了出去，留下我盯着她的背影。

之后，我转过身，看着梅德·罗德里克的画像。

在我祖先那狂野的、斜睨的眼神中，有某种东西激发了我邪恶的自信。梅德·罗德里克是站在我这边的，我告诉自己，梅德·罗德里克应该知道如何维护斯特兰奇家族的尊严。

这是今天上午发生的事。从那以后，我没和西尔维娅说过话。我的感情左右了判断力，这是不明智的。不仅因为它增加了我和西尔维娅之间的隔阂，还因为它使我对正在发生的一些事一无所知。

这一天的大部分时间里，我都和客人们在一起。下午，我们一行人开车去了高尔夫球场。我们在那里喝茶，到了为晚宴整装的时间才回来。在我们出发之前，我碰巧在楼梯上看见威瑟豪斯教授在他儿子的陪同下走出了画廊。那时，我猜想西尔维娅已经把这幅画的事告诉了教授，便走上前去，想知道他有什么高见。

然而，他并没有阐明什么，只是对那些画泛泛而谈，丝毫没有流露出，他知道西尔维娅和梅德·罗德里克间的事。但我肯定，他已经知道了。他说的几句话好像有些勉强。当我要去参加高尔夫球聚会时，我感觉他如释重负。

今天晚饭后，教授和格兰杰医生把我叫到一边，提议晚上他们来照看西尔维娅。医生告诉我，她现在非常紧张，他说，如果我能去另一个房间，就不会妨碍到他们了，为此他们也会非常感激，西尔维娅必须受到监护。

当然，我同意了。教授虽然竭力装出一副冷静而专业的样子，却完全无法掩饰自己的兴奋。我明白，他感觉自己快要发现这几个月来一直在寻找的东西了。

现在大约是凌晨三点。除了教授、格兰杰医生和我，在场的每个人都已经睡了好几个小时。

那两个人正坐在西尔维娅门外的沙发上。我在我的书房里写这份手稿。这是我唯一能做的事，以免让痛苦的思想控制我。

医生两次下来求我睡觉。我已经两个晚上没睡了，可我还是不敢上床。任何时候都可能有事发生，西尔维娅或年轻的威瑟豪斯可能会被袭击。一想到这些，我很难指望自己睡着。然而，身体的耐力是有限度的。

守 夜

　　本人，即前面提到的威瑟豪斯教授，被要求将自己的评论添加到马丁·斯特兰奇叙述离奇经历的特别手稿中。

　　斯特兰奇的堂兄死后不久，我就对他及其相关事务产生了兴趣。和其他人一样，包括斯特兰奇本人，我也对这两起暴力死亡事件的巧合感到震惊，这两起事件发生在同一个社交圈内。由于这案子可能与我的专业相关，我进行了调查。

　　我与那些受这两起死亡事件影响最直接的人有密切的联系，这是我参与此事的主要原因。碰巧负责官方调查的人认识我，也知道我和萨默顿夫人家的关系，于是，我就以半官方调查员的身份卷入了这起案件。

当时，警方怀疑马丁对克里斯托弗·奈特的死负有责任。不过他们很快向我承认，他们的怀疑是基于马丁碰巧熟悉克里斯托弗·奈特和另一名男性死者——米克·斯特兰奇，他从所住的公寓最高层坠楼而死。换句话说，警方不知所措，只能着手于这名跟谋杀案多少有联系的人开展调查。

我告诉警方，他们还可以怀疑西尔维娅、萨默顿夫人、我或马丁的老仆人梅克皮斯。但鉴于警方与我开始合作，这些嫌疑暂且搁置。

根据各种各样的观察，我已经形成了自己的一套理论，在这里就不需要详细说明了。

我在读马丁的手稿时，很惊讶地了解到，他差点就发现了整个事件的真相。

我发现，他提到了在堂兄死后几天，我在公园里遇到他的事。从那时起，我才走上解开这个谜团的道路。在我与他谈话的那几分钟里，他的态度让我怀疑他试图隐瞒什么。我从他的手稿上得知，正是从那时候起，他开始怀疑我在调查这件事。当然，我并没有因此而责怪他。一个处于这种境地的人，尽其所能掩盖他脑海中缓慢浮现的可怕真相，这是很自然的。我们可以想象，一个被鬼附身的人已经够糟糕的了。但是，让人知道自己被鬼附身无疑更糟糕，正如马丁在他的手稿中反复提到的那样，这将隔离与伙伴们正常、愉快的交往，而这些交往能带来如此多的幸福。

我完全同情他。如果让可怕的真相大白于天下，他肯定会失去西尔维娅，如我们所看到的。在他心中，这是极大的悲剧。他已经准备好面对恐怖的生活——生活在对未来悲剧的短暂期待中——而非放弃西尔维娅。

这引出了我要克服的第一个困难。除非他能配合，否则我的调查工作很难有进展。如果我的理论是正确的，我只能通过诱导他向我吐露心声，或者通过一些偶发事件来证明。

我很快就看出，他是不可能向我吐露心事的，所以我想找个办法迫使他告诉我他心里的想法。这是一件极其微妙的事，因为一旦我失手，他就会警觉起来，那我就没有机会发现什么了。

我和我的朋友詹姆斯·兰伯特·史密斯爵士讨论了这件事，他对这个案子非常感兴趣，准备花时间来研究。

事实上，詹姆斯爵士为了协助我的调查，已经准备放弃他在国外的假期。我们突然想到了一个计划，就让他在马丁家里以阿什顿先生的名义担任秘书。

我们的打算是，如果没有可以引导我们调查这案子的事件，就对马丁进行催眠，以便从他那获得真相。我们已经看到，这些努力是如何以失败告终的，尽管有一段时间我的怀疑差点得到证实。那时，由于詹姆斯爵士的行动被仆人梅克皮斯发现了，我已智穷才尽，就鲁莽地想给马丁催眠。

要不是他下意识做出强烈的反抗，我肯定会成功的。如果我能获得他的信任，并让他相信，毫无保留地将自己托付给我，他就可以摆脱笼罩在他身上的暗影，那么一切就好了。但是，他决心保守他的秘密，或者更确切地说，他不想把他的想法告诉任何人。我不能给他一个连我自己也不敢肯定的承诺。

我试图解开这个谜团的努力失败了，我又抱着一丝希望，希望于某个偶然的机会，获得那把打开谜团的钥匙。我的干涉令我成为萨默顿夫人的眼中钉，我不怪萨默顿夫人，但我被迫看到西尔维娅嫁给了一个可能让她陷入极端恐怖生活的男人，尽管这男人本身无过错。

后来，我来到了波顿大厦，在那里，我目睹了这场悲剧（谁又能质疑上天的旨意呢），这悲剧显然是解开谜团的必经之路。

我认为，改写马丁在手稿中对我儿子的评论并不合适。马丁写下这些内容时，对西德尼怀有强烈的怨恨。我之所以保留这些内容，是因为这些文字展现出了悲情的气氛，而这种气氛对这场悲剧的完成至关重要。

马丁已经对星期五晚上发生的事作了详述。

星期六的上午，就在午饭前，我在楼梯上遇见了西尔维娅。乍一看，她还是和往常一样平静。但当我停下来和她说话时，我能看出，她处在高度情绪化的状态下。我想，这可能是由于她那晚的可怕经历。我告诉她，她本应该听从格兰杰医生的建议，待在床上。

她完全不理会那个建议。她说，使她心烦意乱的并不是前一天晚上发生的事情，而是晚上发生的事情被第二天早晨的经历赋予了可怕的意义。

然后，她把我带到一间没人住的房间，指给我看她看过的那幅画像——梅德·罗德里克的画像。

我本来对这地方有幽灵的说法不以为然，但后来，我还是和她一起去了，为的是能亲眼看看这幅画像。

这幅画像正如马丁所述说的那样，画像的真人非常疯狂，这是毋庸置疑的。当我看着它的时候，西尔维娅半蜷缩在我身边，我几乎准备要相信所有的事情。我确实认为，梅德·罗德里克的灵魂可能在夜间游荡，这并非不可能，邪恶的力量是如此强烈，甚至能隐藏在画像的背后。

当然，我并没有说出这些想法。我非常感激西尔维娅告诉我这么多，尽管这些信息对我不一定有帮助。我应付西尔维娅说，她在做梦，我知道，如果告诉她并非在做梦，这毫无益处。我尽可能轻松愉快地安慰了她，最后说道："这就是你今天心烦意乱的原因？看到一张画在画布上的脸？"

然后，她告诉我不仅如此。她开始向我讲述她和她丈夫之间发生的一切，包括前一天晚上和那天在画廊里的事情。

我并没有试图阻止她。得知这段婚姻这么快就破裂了，我感到非常痛心。我忍不住替马丁说了几句话，我知道，他不应该遭受西尔维娅对他的怨恨。但在那时，我根本影响不了她。她的怨恨很不合理。不过，我还是饶有兴趣地听着，因为在我看来，从这两人关系的叙述中得到的信息，相比从家族史中找到的信息要多得多。

我自己的儿子是他们关系破裂的原因，这一事实让我感到不安。西尔维娅倾诉完毕后——她似乎很高兴自己能向他人倾诉烦恼——我还问，她和马丁的堂兄之间有没有什么事。

她惊讶地看着我。我恳求她告诉我真相，并补充说，调情这等小事无伤大雅，而真相至关重要，它能够帮助我去阻止她前一晚所经历的"梦境"再现。

她告诉我，和米克·斯特兰奇在一起，她的确很开心。她很肯定，他对她有兴趣。她说话的时候，我庆幸自己有机会注意到了这个易被忽视的方面。

在我的鼓励下，她告诉我，她已经注意到，马丁对他堂兄的到来感到相当不满。她还说，在堂兄出现之后，马丁一有机会，就向她求婚。

这一切完全与我的理论一致。待西尔维娅下楼后，我就去找我的儿子，问他在波顿大厦的这两天里，他和马丁之间发生了什么，如果有的话。

他把一切都告诉了我，几乎和马丁自己讲的一模一样——闹鬼房间的故事，以及他两在被锁的书房门后的谈话。

西德尼一想到闹鬼的房间，不禁笑出了声。我嘱咐他，不可嘲笑未知的事。我甚至没能告诉他，我在想什么。当他问我为什么说这种事时，我回答说，在过去的一两天里，我对某些事情的看法已经发生了非常大的改变。我现在相信，有鬼魂存在。

"如果我能肯定地告诉你，"我说道，"你的房间闹鬼，你会睡在里面吗？如果我请你今晚睡在里面，你愿意吗？"

他没有马上回答。我很高兴他没有马上回答。时机到来时，他的回答就不会只是虚张声势。他一边考虑着这个问题，一边看着我，看我是不是认真的。我非常严肃认真。

"我愿意。"他说道，"但不是因为好玩。你认为这里闹鬼吗？"

我告诉他，我觉得是。

"还有。"我又说道，"如果会有什么不寻常的事发生，那肯定就是在今晚。"

我并不认为西德尼比别人更勇敢，但正是在这种时候，一个人的真正品格才会显露。如果他不是我的亲生儿子，在这个时候，我也许会多说几句。事实上，我只能说，虽然他听了我的话后脸色煞白，但他并没有说拒绝的话。

　　"是的，我想让你今晚睡在那儿。"我说道，"你可能会受到惊吓，但要记住有人在你身边。你不会受到任何伤害的。"

　　与西德尼谈完话后，我又去了画廊。

　　我仔细端详了那幅非凡的画像。我得说，我被那幅画像深深吸引了，那五官与轮廓，如此完美地描绘出纯粹的堕落，这种堕落在画中人闪着光的双眼中，被神奇地捕捉到了。

　　这绝不是一幅人物漫画。我看得越久，就越发现，这是一幅当之无愧的天才画作。这画中有生命。事实上，当我抽身离开它，在画廊里闲逛，挑选并研究其他家族肖像画时，我发现，梅德·罗德里克的肖像画，是所有收藏中最"活"的一幅画像。

　　我还看到了别的东西。我看到，凡有家族血统的人的肖像，都带着某种难以言喻的表情，很容易辨认出来。

　　我又回到梅德·罗德里克跟前，是的，尽管那张脸奇丑无比、令人厌恶，我仍发现他和其他肖像里的人有相似的表情。

　　我离开画廊时，更确信我的理论是正确的。

那天晚上，房子里的人都很早就寝。十二点以前，除了我和格兰杰，大家都上床睡觉了。我和格兰杰坐在西尔维娅房间外的一张沙发上。马丁说他不想睡觉，他在楼下的书房里。

守夜的第一个小时很快就过去了。

我和格兰杰有很多共同点，我们找到了不少可以谈论的话题。不久后，我们的思想开始被充满期待的氛围所分散。用纯学术的思想来研究一个问题是一回事，而当发现问题已经达到了这样一个地步，即问题超越了纯学术的范畴而变成了个人的问题时，就完全是另一回事了，这个问题不再作为一个问题，而是作为一种情感体验来影响研究者。随着时间延长，我的情况也是如此。第一个小时之后，我关心的不是我的理论是否会得到证实，而是这所房子周围的气氛。我的感觉变得敏锐。在我的想象中，那又长又寂静的通道变得险恶起来。我们两个老人，在那等待，看死神是否会从黑暗中爬出来，这足以考验一个人对纯粹科学知识的信心了。

我站起身来，说我要溜进去看看西德尼怎么样了。这段旅程比我想的要长，要复杂得多。但我终于找到了那个房间。

我在门口轻轻地叫着，我不想不打招呼就这样走进去，吓着那个孩子。他没有回答。我轻轻地打开门，向里面瞥了一眼。他睡得很平静，有些呼噜声。显然，他的恐惧不如他的身体需要来得强烈。

216

我回到格兰杰旁边时，他报告说，没有任何动静。

又过了半个小时，格兰杰想下去看看，马丁是否有意睡觉。

他回来告诉我，那个年轻人正忙着写作。

又一个小时过去了，这时的我们已经习惯在走廊里踱步。

格兰杰又去了书房。马丁还在写，但格兰杰说，他看上去随时都可能睡着。

这正是我们期待的时刻。我非常兴奋，不知道会发生什么。在我的内心深处，希望什么都不会发生，同时我又希望一切都会发生。我的理论告诉我，应该向马丁寻求解开谜团的答案——寻求自他被介绍给西尔维娅以来，他身边人所遭受的一切悲剧的答案。

他的临时卧室就在我们等候的走廊里，是我们做了这样的安排。我们原以为，他会像平常那样上床睡觉，但他选择在今晚熬夜，根据医生的说法，他正准备在书房入睡。

格兰杰第三次下楼了。但他刚去，就又回来了，说书房是空的，没有马丁的影子。

我让格兰杰留在原地，然后，以最快的速度朝西德尼的房间走去。我本应该更仔细地研究这房子的设计。我一直相信马丁能上床睡觉，这样我们便能监视他——我确信他心里藏着秘密。我没有料到他就这样离开了我们的视线。

走到通往西德尼房间门口的走廊时，我第一次注意到，有一段黑暗的石梯直通楼下。我惊恐地意识到，西德尼所在的这座塔楼，与底下楼层相通，独立于我们监视着的主楼梯。任何人都可以在我们不察觉的情况下，到达西德尼的房间。

最后三十英尺我正准备狂奔到西德尼的门口，想到我没有预先告诉西德尼意外来临时须保持清醒，我的心就痛苦万分。这时，我听到了从古老的石梯上传来沉闷的脚步声。

夜空将走廊微微照亮，楼梯上却一片漆黑。我朝它瞥了一眼，然后缩了回去。就在这时，那人已经爬到了顶层，慢慢地走了出来，进了走廊。

是马丁。我现在这么说，可当时我没有立刻认出他来，尽管我有各种猜测，还是吓得退缩了。

他穿着睡衣，头发乱蓬蓬的，半遮着眼睛，脸上露出一种我从未见过的恶毒神情。他的目光集中在他的正前方。他的下颚在动，牙齿摩擦得很厉害，手指也在动。他是睡着的。

他缓慢却毫不犹豫地向西德尼的房门走去。我踮起脚尖，远远地跟在后面。

在我履行职责的过程中，我曾见过一些可怕的、灼伤灵魂的景象，但我从未见过如此震撼的情形。这种效果类似于看到一个极其聪慧的人突然变成了喃喃自语的疯子，但比这更强烈的是，它被一种说不出的恐惧所笼罩。

马丁没有发疯。他是在某种异常强烈的意志驱使下行动的，这种意志来自潜意识的一部分，还没有完全被发掘，保留着一切本能力量。当他醒来时，他会对在睡梦中所做的事感到厌恶。他并不比做梦时的我们更有罪。他的梦比我们的更深，仅此而已。

虽然我蹑手蹑脚地跟在他后面，但其实我没有必要这样做。噪声不大可能把他吵醒。当然，前一晚他袭击西尔维娅时，她把他吵醒了。但是，我们必须假定，驱使他攻击西尔维娅的冲动，并不像驱使他杀死克里斯托弗·奈特和他的堂兄，以及现在驱使他杀死西德尼的冲动那样明确。他不可能无意识地想杀害西尔维娅。但是，这些男人有能力夺走他的西尔维娅，只有彻底地毁灭他们，才能满足他的本能。

然而，科学的解释并不能缓和这一时刻的恐怖气氛。这个人，在我前面沿着走廊迈着匀称的步伐走着，是一股无法估量的邪恶力量。

马丁在门口停了下来，迅速转过身看着我。或者说，他看穿了我。他的眼睛里闪烁着最邪恶的狂喜。然后，他得意扬扬地抓住门把手，走了进去。

我跑上前，跟着他。但是，当我发现他从里面锁上了门时，我是多么的恐惧啊！

我大喊着，用拳头猛击门，用脚踢门。我尖叫着儿子的名字，不等回答就继续我的敲打和踢踹。

我知道，西德尼在平时都不是马丁的对手。现在的马丁，力量足以以一敌十，西德尼若是睡着了，必死无疑。

我能听到有人在打架，房间里发生了一场混战。我可以知道，我的儿子在被令人窒息的手指抓住前，已做好了自我防卫。

随后，我想到了隔壁的房间，匆匆走了进去，希望能找到一扇联通两间屋子的门。然而，房间里除了一堵坚固的墙，什么也没有。我转而来到西德尼房间的另一边，当时的情形我不必多描述。这时，我听到窗外传来一声尖叫，尖叫声之后是"砰"的一声，这声巨响使我内心剧烈地震动———一具尸体重重地倒在楼下的地上。

那是马丁的尸体。我冲到窗前往外看，心里确信是自己间接导致了他的死亡。这时，那致命房间的门"哐啷"一声打开了，西德尼摇摇晃晃地走入走廊昏暗的灯光中。

他无法立即解释发生了什么事。这可怜的孩子被他经历的事吓坏了。当他看到我出现时，他告诉我，他是如何被一个拥有超能力的人从床上拽起来的。他挣扎过，他说，恐惧给了他和攻击者同等的力量。当他挣扎着被拖到敞开的窗口时，谁会越过去就得看运气了。

我儿子今天还活着，我可以说，完全是因为马丁强烈的自我保护本能。他本可以轻而易举地把西德尼掐死，但他的潜意识阻止了他杀人。

"马丁在哪儿？"西德尼问道，"马丁警告过我有幽灵什么的。"

"马丁已经死了。"我说道，"那是曾经的马丁。"

"马丁？那是马丁的脸？"

西德尼满脸疑惑的表情，转变为极度的恐惧，这让我比任何时候都更清楚地意识到，所有认识死者的人，在他还活着的时候，都处于危险之中。

距离这些事情发生，已经过去两年了。西尔维娅现在是我的儿媳。时间似乎能抹去最强烈的痛苦，而在当时最疯狂痛苦的莫过于那个古怪的老头——梅克皮斯。幸运的是，他没能活到为斯特兰奇家族的终结而哀悼的时刻。

图书在版编目（CIP）数据

房上暗影 ／（英）马克·汉森著；陈琬滢，徐蔚译
. —— 上海：上海文艺出版社，2024
（域外故事会科幻小说系列）
ISBN 978-7-5321-8840-6

Ⅰ . ①房… Ⅱ . ①马… ②陈… ③徐… Ⅲ . ①幻想小
说－英国－现代 Ⅳ . ① I561.45

中国国家版本馆 CIP 数据核字（2023）第 160394 号

房上暗影

著　　者：［英］马克·汉森
译　　者：陈琬滢　徐　蔚
责任编辑：蔡美凤
装帧设计：周艳梅
责任督印：张　凯

出　　版：上海文艺出版社
出　　品：上海故事会文化传媒有限公司
　　　　　（201101 上海市闵行区号景路159弄A座3楼 www.storychina.cn）
发　　行：上海文艺出版社发行中心
　　　　　（上海市闵行区号景路159弄A座2楼206室）
印　　刷：上海中华印刷有限公司
开　　本：889毫米x1194毫米　1/32　印张7.375
版　　次：2024年1月第1版　2024年1月第1次印刷
ＩＳＢＮ：978-7-5321-8840-6/I·6967
定　　价：35.00元

故事会 大众文化出版基地
www.storychina.cn

上海故事会文化传媒有限公司 出品（01163）www.storychina.cn

想看更多精彩故事？
扫码下载故事会APP

上海故事会文化传媒有限公司所有图书可办理邮购,免收邮费(挂号除外)
汇款地址：上海市闵行区号景路159弄A座2楼206室（201101）
收款人：上海故事会文化传媒有限公司出版发行部
联系电话：021-53204159
如发现本书有质量问题，请与印刷厂质量科联系 T:021-60829062